이야기 속으로

대만
배낭
여행

이야기 속으로

대만 배낭 여행

조종수 지음

미지의 세계를 찾아 떠나는 배낭여행

두려움을 넘어 새로운 세계로 나를 이끈 것은
눈 앞에 펼쳐질 신비로움으로 가득 찬 이국의 풍광에 대한 동경이었다.

렛츠북

저 자 의 말

단조로운 일상에 지쳤을 때, 나는 여행을 떠났다. 누구에게 의지하지 않고 한 번도 가보지 못했던 미지의 세계를 찾아 떠나는 배낭여행이었다.

지리에 밝거나 문화에 익숙하지 못했고 외국어도 유창하지 않았다. 당연히 처음 여행을 계획할 때 기대감 뒤에는 항상 두려움이 함께했다. 그래도 두려움을 넘어 새로운 세계로 나를 이끈 것은 눈 앞에 펼쳐질 신비로움으로 가득 찬 이국의 풍광에 대한 동경이었다.

처음에는 언어능력이 매우 초보적인 수준이었기 때문에 대중교통이 잘 발달된 수도를 여행지로 삼았지만 한두 번 여행하다 보니 노하우가 쌓이게 되었고 차츰 오지마을도 여행할 수 있게 되었다.

한 번도 가보지 않았던 미지의 세계에서 경이로운 풍경과 마주했을 때, 성공이라는 짜릿한 성취감을 맛보곤 했다. 그리고 여행의 끝자락에 다다르면 단조로웠던 나의 일상이 문득 그리워졌고, 빨리 돌아가고 싶다는 생각이 들었다.

이렇게 나의 일상이 무의미한 것이 아닌 게 되었을 때, 인생이 살만하다는 것을 깨달았다. 그리고 그 깨달음은 다시금 여행을 꿈꾸게 만드는 이유가 되었다.

대만 배낭여행

목 차

배낭여행의 시작

배낭여행이란?

배낭여행이란 무엇일까? 배낭을 메고 떠나는 여행이라 해도 될 것 같지만 가방은 큰 의미가 없다. 배낭이면 어떻고 캐리어면 또 어떠랴. 누구의 힘을 빌리지 않고 내가 설계한 일정대로 자유롭게 떠나는 여행이 바로 배낭여행이다.

자유여행이므로 여행경비는 내가 쓰는 만큼 소요된다. 비싼 여행을 할 것인지 아니면 저렴한 여행을 할 것인지는 나의 선택에 달려있다. 음식, 숙소, 교통, 서비스 등 다양한 항목에서 비용 조절이 가능하다.

배낭여행이 좋은 점은 여유와 낭만이 있고, 친구를 만날 기회가 많다는 점이다. 그래서 한 번 배낭여행을 다녀온 사람은 그 여행의 경험을 잊지 못하고 또다시 배낭여행을 꿈꾸게 된다.

하지만 막상 배낭여행을 가볼까 생각하면 걱정이 앞서게 된다. 가장 큰 이유는 외국어에 자신이 없어서다. 그러나 필자의 경험에 비추어 볼 때 언어는 그다지 문제가 되지 않는다. 오히려 가장 큰 걸림돌은 미지의 세계를 스스로 찾아다녀야 한다는 막연한 두려움이다.

중학교와 고교의 주요 과목으로, 그리고 대학의 필수 교양과목으로 영어 수업을 받았지만, 외국인과 자유롭게 대화할 정도의 실력은 갖추지 못했다. 그럼에도 언제부턴가 배낭여행에 관심을 가지게 되었는데, 직장인으로서 시간의 제약이 있으므로 이웃 나라 중국에 주목했다. 일단 가까우므로 시간과 비용이 상대적으로 적게 든다는 장점이 있기 때문이다.

중국 배낭여행을 가기 위해서는 우선 중국어를 배워야 했다. 한 번도 접해보지 않은 중국어를 알파벳 발음부터 배웠다. 시험이 아닌 여행을 위한 공부였다.

공부는 중국인 유학생에게 1주일에 한두 시간씩 배운 것이 전부였고 따로 시간을 내어 공부하지는 않았다. 다만, 유학생들과 함께 밥을 먹거나 소주 한 잔 나누는 기회가 많았고, 이것이 회화 능력을 높이는 데 큰 도움이 되었다.

중국어를 배운 지 얼마 안 돼 친구들과 배낭여행을 떠났다. 유창하게 말하지도 못했고, 그렇게 잘 알아듣지도 못했다. 그래도 배낭여행이 가능했던 것은, 실제 여행에 있어서 간단한 어휘만으로도 아무런 지장이 없었기 때문이었다.

"얼마입니까?", "물 주세요.", "화장실이 어디입니까?", "좋습니다.", "싫어요.", "어디로 가면 됩니까?", "어디 어디 갑시다." 등등 간단한 회화와 돈을 세는 숫자 정도만으로도 필요한 것들을 해결할 수 있었다.

배낭여행에 가장 필요한 것은 외국어 실력보다는 용기였다. 국내 어느 도시는 처음 가게 되면 모든 게 낯설다가도 조금 시간이 지나면 점차 익숙해지듯이 외국이라고 해서 별반 다르지 않았다. 외국도 다 사람 사는 곳이기 때문이다. 막연한 두려움을 떨쳐버리고 일단 현지에 도착하면 얼마 지나지 않아 금방 익숙해졌다.

계획 세우기

배낭여행은 여행지를 정하는 일부터 시작된다. 처음에는 대중교통이 잘 발달해 있고 볼거리가 풍부하여 관광객이 많이 몰려오는 지역을 선택했었다. 왜냐하면 사람들이 많이 모이는 장소가 더 안전할 뿐 아니라 기반 시설이 잘 갖추어져 있어 목적지를 찾아가기도 편리했기 때문이다.

여행지를 정하고 나서 그다음은 그 지역의 유명한 관광지를 찾아보았다. 이때 제일 먼저 고려한 교통수단은 지하철이었다. 다른 수단에 비해 승하차 장소를 비교적 쉽게 알 수 있고 비용두 저렴하다는 장점이 있기 때문이다. 두 번째 교통수단은 시내버스였다. 시내버스도 노선이 정해져 있으므로 승하차가 쉬운 편이다. 잘 모르는 곳을 가더라도 버스에 올라 운전기사 뒤에 앉거나 서서 목적지에 왔는지 물어보면 대부분 해결되었고, 그것마저도 어려울 때는 택시를 타면 되었다.

교통수단을 확인하고 나면 여행 기간을 정했다. 며칠간 시간을 낼 수 있는지, 각각의 관광지에서 얼마의 시간이 소요될지, 이동시간은 얼마나 될지 따져보면 쉽게 정할 수 있었다. 그리고 그에 맞춰 항공권을 예매하고, 찾아가기 쉬운 위치의 호텔을 예약하면 대략의 여행계획이 완성되었다.

그다음으로는 여행에 필요한 세부적인 정보를 수집했다. 공항에서 호텔로 이동할 때 지하철이나 공항철도와 같은 교통편이 마련되어 있다면 더할 나위 없이 좋다. 공항 안에서 이정표를 따라가기만 하면 탑승 역을 쉽게 찾아갈 수 있기 때문이다. 이때 동선을 고려해 지하철역 주변의 호텔을 예약하면 매우 편리하다. 혹시 지하철이 없으면 중앙역 부근의 호텔을 예약하는 것이 좋다. 공항이나 주요 관광지, 명소에 정차하는 시내버스 중 상당수는 중앙역을 경유하므로 시내버스를 타고 찾아가는 데 유리하기 때문이다.

다음에는 대중교통 탑승장, 호텔, 관광지를 찾아갈 수 있는 세부적인 지도를 출력하여 휴대했다. 그리고 목적지 명칭을 현지의 언어로 적어놓아 만약의 경우 누군가에게 물어볼 때를 대비했다. 이 정도 하면 상당 부분 준비가 끝나 목적지를 찾아가는 데 별다른 어려움이 없었다. 최근에는 휴대폰 지도 앱을 활용하여 더 쉽게 찾아갈 수 있게 되었다.

여행계획이 완성되었으면 관광지의 우선순위를 정해놓았다. 현지 상황에 따라 계획에 차질이 생길지도 모르기 때문이다. 그런 다음 여행예산을 편성했다. 항공권, 숙박비, 현지교통비, 식비, 입장료, 간식비, 예비비(여윳돈) 등이다. 그리고 일자별로 지출계획을 세워놓았다. 이렇게 하면 돈이 남는지 부족한지 그때그때 파악할 수 있어 소비를 조절하여 예산을 맞춰나갈 수 있었다.

대만 배낭여행

이번 여행지는 대만으로 정했다. 대만은 한국에서 그리 멀지 않은 거리에 있고, 항공편도 비교적 많은 편이다. 그래서 가격도 많이 비싸지는 않다. 더욱이 비행시간이 2시간 15분 정도로 가까운 편이라 부담이 적다.

특히 타이베이는 대중교통을 비롯한 기반시설이 잘 갖추어져 있다. 대만에서 단연 최고일 것이다. 그래서 여건이 좋으면서도 먹거리가 다양한 대만의 '타이베이'를 중심으로 배낭여행을 떠나기로 했다.

여행지를 정한 다음에는 여행할 시기를 정했다. 대만은 아열대 기후로 비가 자주 오지만 11월에서 3월 사이엔 강수량이 적어 여행하기 좋다고 들었기 때문에, 연휴가 있는 3월 1일부터 6일까지로 정했다.

먼저 여행사 홈페이지를 통해 가장 저렴하면서도 여행시간을 최대한 확보할 수 있는 항공편을 예매했다. 가는 편은 12시 25분, 오는 편은 16시 25분 출발일정이었다. 그리고 지도를 펴놓고 평소 가고 싶었던 지역과 명소들을 표시한 다음, 이동시간과 관람시간, 식사시간 등을 대략 계산하여 인천 → 타이베이 → 타이난 → 아리산 → 타이베이 → 인천 순으로 5박 6일의 여행계획을 세웠다.

대만으로 가는 길

출발 이틀 전쯤 항공사에서 온라인 체크인 안내 문자를 보내왔다. 인천공항 발권 창구는 항상 붐비기 때문에 조금이라도 탑승 수속에 걸리는 시간을 줄여보고자 인터넷 홈페이지를 통해 체크인을 마쳤다.

그리고 여행 당일, 이른 아침 출발하여 10시쯤 공항에 도착하였다. 출발 2시간 전쯤 되자 창구가 열리고 사람들이 모여들었다. 우리 일행도 사람이 가장 적은 창구 앞에 재빨리 줄을 섰다. 그런데 이게 웬일인가? 다른 창구는 발권이 빨리빨리 진행되는데 우리 줄은 좀처럼 줄지 않았다.

알고 봤더니 우리가 선택한 창구의 직원이 신입 직원이었다. 뭔가를 입력하다가 헤매는 것 같으면 뒤에 있는 직원이 와서 가르쳐 주고 가는 식이었다. 이러니 진척이 있을 턱이 없었다. 그렇다고 이제 와서 다른 창구의 맨 뒷줄에 설 수도 없는 노릇이었다.

사전예약을 한 것도, 가장 짧은 줄 뒤에 선 것도, 빠른 발권에 큰 도움이 되지 못했다. 요령을 부려봤자 안되는 것은 안되는 것일까? 괜한

헛수고를 했다는 생각이 들었다. 그러나 어차피 발권이 시작되었으므로 줄을 선 사람은 모두 비행기에 탑승할 수 있을 것이다.

드디어 앞에 있던 사람들이 모두 탑승 수속을 마치고 사라졌다. 지금은 신입 직원도 업무절차가 어느 정도 익숙해졌는지 처리하는 속도가 점점 빨라지고 있었다. 여권을 내밀자, 사전예약이 완료되어서인지 일사천리였다.

수화물 수속을 마치고 10분 정도 대기하다가 출국 심사장으로 들어갔다. 특별히 문제가 될만한 일이 없으므로 금방 심사대를 통과하여 면세구역으로 들어갈 수 있었고, 탑승 게이트를 확인한 뒤에 면세점을 천천히 둘러보기로 했다.

면세점에는 일상생활에서 접해보지 못했던 다양한 상품들로 가득했다. 모두가 탐나는 물건들이었다. 밖에서보다는 더 저렴할 것 같은 기분이 들었다. 지갑의 두께를 가늠하면서 살만한 물건이 있을지 살펴보다가 결국 빈손으로 돌아섰다.

타이베이행 비행기 탑승 게이트 앞에 자리를 잡고 스마트폰에 시선을 고정하여 무료한 시간을 보내고 있는데 갑자기 줄이 길어진다. 탑승시간이 가까워져 하나둘 줄을 서니까 나머지 사람들도 마음이 조급해졌을 것이다. 하지만 동조할 필요는 없다. 어차피 좌석은 정해져 있고 모두가 탑승해야 비행기가 이륙할 것이다.

타오위안공항

처음 대만 여행계획을 세울 때 공항에 도착하면 우선 고속철을 타고 타이난으로 간 후 타이베이를 향해 올라오면서 여행하려고 했다. 그러나 비행기 도착시간과 입국 수속을 마치고 역에 도착하는 시간이

대만 배낭여행

늦어질 수 있을 수 있으므로 첫날은 타이베이에서 숙박하고 다음 날 일찍 타이난행 고속열차를 타기로 했다. 차질 없는 일정 관리를 위해서였다. 만약 항공 일정이나 입국 수속 과정에서 문제가 생겨 시간이 지체된다면 열차를 놓치게 될 것이고, 그렇게 된다면 숙박 등 이어질 일정이 뒤죽박죽될 수 있다.

항공기가 이륙하고 잠시 눈을 붙였는가 싶었는데 어느새 타오위안 공항에 도착하였다. 대만은 비자를 받을 필요가 없으므로 항공권만 구입하면 입국 절차가 간단한 편이다.

사람들을 따라 입국심사대가 있는 쪽으로 가보니 줄이 길게 늘어서 있었다. 꽤 오랜 시간을 기다린 끝에 순번이 되었다. 그런데 여기서 한 가지 문제가 생겼다. 여권을 제시하자 입국신고서를 요구하는 것이었다. 없어도 되는 줄 알고 미리 작성하지 않았는데, 순간 아차 싶었다.

할 수 없이 줄의 맨 끝으로 가서 입국신고서를 작성해야만 했다. 기내에서 승무원이 신고서 용지를 나누어 주었겠지만 잠을 자느라 받지 못했던 것 같다. 다음에 또 여행을 떠나게 된다면 승무원에게 입국신고서부터 요청해야겠다는 생각이 들었다.

공항에서 타이베이로

가까스로 입국심사대와 세관을 통과하여 공항 입국장으로 나왔다. 타이베이 시내까지는 지하철을 타고 가기로 했다. 중국에서는 지하철을 '띠티에(地铁)'라고 하지만 대만에서는 '지에윈(捷运)'이라고 한다. 아무튼 비행기에서 내린 다음부터는 대다수의 승객이 이동하는 경로도 따라가기만 하면 되는데, 입국심사대가 먼저 나오고 그다음에는 수화물 수취 장소가 나왔다. 이곳에서 짐을 찾아 입국장으로 나가니 곧 이정표가 눈에 들어왔다. '捷運' 또는 'MRT'라고 적힌 방향을 가리키는 화살표를 따라가기로 했다.

지하철 이정표(捷运 또는 MRT)

화살표 방향으로 가고 있지만 잘 찾아가고 있는지 확신이 서지 않아 주위를 돌아보니 많은 사람이 내가 가고 있는 방향으로 이동하고 있었다. 맞게 가고 있는 것이므로 걱정할 필요가 없었다. 아마도 대만에 입국하는 사람들의 상당수가 지하철을 이용하여 타이베이로 이동하는 것 같다.

공항 지하철역 매표창구에서 타이베이역(台北車站, Taipei Main Station) 승차권을 구매하고 플랫폼으로 가니 지하철 노선도와 시각표가 있었다. 노선도에서 A12는 공항 제1터미널(T1)이고, A1은 타이베이역이다. 그 옆에 보라색으로 표시된 것은 급행열차가 정차하는 역을 나타낸 것이다.

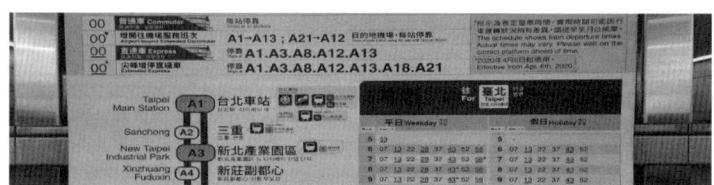

공항 지하철 노선도 및 시각표

대만 배낭여행

시각표 왼쪽에 굵은 검은색으로 표시된 5부터 00까지의 숫자가 있는데, 이것은 시(時)를 뜻하고, 오른쪽의 07부터 두 자리 숫자는 분(分)을 뜻한다. 보라색으로 표시된 분(分)에 출발하는 열차는 급행이라는 뜻이다. 여기서 타이베이까지 급행열차는 약 33분, 보통열차는 약 50분 정도 소요된다. 만약 급행을 놓쳤더라도 걱정할 필요는 없다. 급행을 타려고 공항역 플랫폼에서 기다리기보다는 보통열차를 타고 가는 것이 시간상으로 더 경제적일 수 있기 때문이다.

지하철 탑승구

시하철 탑승구에는 한글로 '공항터미널 1'이라고 적혀있고, 목적지에도 작은 글씨이긴 하지만 한글로 '타이베이'라고 쓰여있다. 역을 나타내는 기호(A12)와 한자 機場第一航廈, 영문 Airport Terminal 1, 그리고 일본어 역명이 한글 명칭과 함께 표시되어 있어 외국어가 서툴더라도 쉽게 알아볼 수 있다. 또한 목적지 방향으로 화살표가 있어 반대로 탈 염려도 없다.

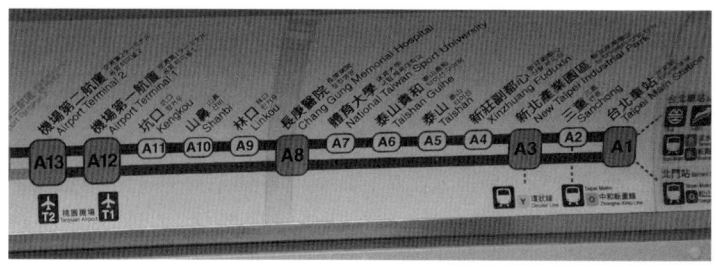

지하철 객차 내부의 노선도

지하철에 탑승하여 객차 안으로 들어가면 출구 위쪽에 노선도가 있다. 급행열차는 보라색으로 표시된 역에서, 보통열차는 모든 역에서 정차한다. 노선도를 자세히 보면 한글 표기가 보인다.

그동안 대만 여행을 위해 중국어 공부를 열심히 했는데 이렇게 한글로 된 안내도가 있어서 그런지 공부한 보람이 반감되는 느낌을 받았다. 그렇지만 타이베이역에 도착하여 출구를 빠져나가면 그야말로 새로운 세계가 눈 앞에 펼쳐질 거라는 기대가 부풀어 올랐다.

호텔 체크인하기

타오위안공항 제1터미널역에서 급행열차를 타고 타이베이역에 도착했다. 타이베이역에서 제일 먼저 해야 할 일은 고속철도역에서 타이난역까지, 그리고 자이역에서 타이베이역까지의 열차표를 받는 일이었다. 인터넷으로 예매하였지만, 실제 열차에 탑승하려면 실물 승차권을 받아야 했다.

기차를 이용하는 서울역과 지하철을 이용하는 서울역의 위치가 조금 다른 것처럼 공항을 오가는 타이베이역과 일반 지하철, 그리고 고속철도역은 조금 다른 위치에 있다. 그러나 이들은 모두 지하도로 연결된 하나의 큰 구역 안에 있다. 지하철에서 내려 이동로 천장 쪽에 달린 이정표의 고철(高鐵) 또는 HSR 방향으로 가면 고속철도역을 어렵지 않게 찾아갈 수 있다.

우선 역의 위치를 확인하고 역무원에게 인터넷 출력물과 여권을 제시했다. 이곳에서 앞으로 타야 할 기차표를 모두 받아야 여유 있게 기차를 탈 수 있다.

지하철 밖으로

승차권을 받은 후 호텔 주소 '충효서로' 방향의 출구로 나갔다. 그리고 미리 출력해 온 약도를 꺼냈다. 타이베이역 앞 큰 도로 건너편에 우리가 예약한 호텔이 있었다. 지하도가 있었지만, 지하로 내려가면 방향감각이 없어져 헤맬 것 같아 건널목에서 보행자 신호가 켜질 때까지 기다렸다가 길을 건넜다.

호텔에 도착하여 바우처와 여권을 제시하자 호텔 직원이 예약을 확인해 주었다. 하지만 아직 들어갈 수 있는 개실이 준비되지 않았다고 했다. 오후 3시부터 체크인이 가능하다는 것을 미리 알고 왔으므로 우리는 군말 없이 짐만 호텔에 맡기고 타이베이 관광에 나서기로 했다. 짐을 맡기고 싶다고 하니 다른 직원이 와서 여러 개의 짐을 하나의 줄로 꿰어놓은 다음, 보관증을 써서 우리에게 건네주었다.

타이베이 101전망대

호텔에 짐을 놓고 왔던 길을 되돌아 지하철역(台北車站) 매표소 역무원에게 '이링이잔(101역)'이라고 말하자, 둥근 모양의 플라스틱 토큰을 건네주었다.

승강장 입장시 토큰 터치   나갈 때 투입구에 토큰 투입

사용법은 간단했다. 검표대 센서에 토큰을 갖다 대자 문이 활짝 열렸다. 곧바로 통과하여 벽에 붙은 노선도에서 101역(台北101)의 위치를 확인하고 그쪽 종점을 보니 샹산(象山)역이었다. 바로 샹산 방면 전차를 타면 되는 것이었다.

그래도 혹시 몰라 옆에 있는 사람에게 "이링이잔?(101역)"이라고 물었더니 그가 친절하게 고개를 끄덕이며 그렇다고 해주었다. 그제야 좀 안심이 되었다.

지하철에 탑승하여 노선도 앞에 섰다. 그리고 역에 정차할 때마다 현 위치가 어디고, 앞으로 몇 개 역이 남았는지 머릿속으로 헤아려 보기를 몇 차례, 드디어 101역에 도착했다.

101빌딩 옆 광장

미리 조사한 대로 4번 출구를 통해 밖으로 나왔다. 101타워는 타이베이에서 가장 높은 건물이므로 굳이 찾을 필요가 없었다. 가까이 가면 어디서나 볼 수 있기 때문이다.

먼저 유명한 딘타이펑(鼎泰豐)에서 저녁 식사를 하고 타워에 올라가 야경을 관람하기로 했다. 딘타이펑은 샤오롱바오(小笼包)로 유명한 식당이다. 손님이 많아서 예약해야 한다는 애기를 들어 먼서 식당부터 찾아갔다.

딘타이펑 101점

　다행히 식당은 101타워 옆 광장에 위치하여 금방 찾을 수 있었다. 하지만 내부에는 이미 손님으로 꽉 차 있었으므로 종업원에게 인원을 알려주면서 예약을 부탁했다. 그녀는 내 이름을 적고 예상시간이 적힌 대기 번호표를 뽑아주었다. 대략 1시간 정도 지나야 빈자리가 나올 예정이라고 했다. 도대체 얼마나 맛있길래 이렇게 손님이 많은 것일까?

　식사 후 101전망대에 가려고 했는데 1시간 이상 기다려야 자리가 나온다고 하니 계획에 차질이 생겼다. 여기서 기다리기보다는 전망대를 먼저 관람하고 내려와 식사하는 것이 나을 것 같아 일단 식당 밖으로 나왔다.

▲ 주변 거리(위)와 입구(아래)

◀ 101빌딩

갑자기 시간이 남는다는 생각이 들었다. 야경을 보려면 어두워질 때까지 기다려야 했기 때문이다. 식당 앞에서 천천히 기념사진을 찍고 지상으로 올라갔다. 아직 어둠이 완전히 내려앉지 않았지만 빌딩과 주변 조형물에는 조명이 하나둘 켜지고 있었다.

대만에서의 3월은 여행 성수기가 아닌 모양이다. 101빌딩은 대만의 유명 관광지 중 한 곳인데 주변 거리는 비교적 한산했다. 그래도 빌딩 내부에는 관광객이 많아 입장권을 사고 엘리베이터를 타려면 길게 줄을 서야 할 수도 있었다. 그래서 우리는 일찍 입장하기로 했다.

출입구에 '타이베이 101 남(南)'이라는 글자가 보였다. 한산한 거리와는 달리 출입하는 사람이 조금씩 보이기 시작했다. 그런데 매표소에는 줄을 서 있는 사람이 한 명도 없었다. 덕분에 어렵지 않게 입장권을 살 수 있었다. 매표원이 개인당 100위안짜리 음료 쿠폰을 입장권과 함께 건넸다.

이제 전망대에 가기 위해 엘리베이터 타는 장소로 향했다. 그곳은 사람들로 붐비지는 않았지만 그래도 약간의 대기시간은 필요했다. 아마도 엘리베이터가 오르내리는 데 걸리는 시간과 사람들이 타고 내리는 시간이 더해져 그런 것이 아닐까 하는 생각이 들었다.

타이베이 101빌딩은 1999년에 착공하여 2003년에 완공한 타이베이 랜드마크로 정식 명칭은 '타이베이 금융센터'다. 이 빌딩은 지하 5층, 지상 101층, 508m에 달하는 당시 세계 최고층 건물이었으나 2010년 아랍 에미리트 두바이의 부르즈 할리파가 건축됨에 따라 1위 자리를 내주게 되었다고 하며 현재는 등외로 밀려나 있다. 당시 삼성물산이 시공사로 이름을 올려 많은 관심을 받았다고 한다.

약간의 대기시간이 끝난 후 엘리베이터 탑승구로 향했다. 통로 중

간쯤에 사진 찍는 부스가 있는데, 그곳에 있는 사진사가 101빌딩을 배경으로 한 합성사진을 찍어주고 있었다. 이곳은 101전망대로 가기 위해 통제받는 통로이기 때문에 잘 모르는 사람은 그가 통제요원인 줄 알고 시키는 대로 포즈를 취하게 되는데, 그렇게 되면 나중에 사진 값을 치를지 말지 고민해야 하니 주의가 필요하다.

101전망대 내부

드디어 대기와 답승으로 이루어지는 보는 절차가 끝나고 엘리베이터를 탔다. 밀폐된 공간, 함께 탄 사람들의 눈을 마주치기가 멋쩍어 괜히 스마트폰을 보거나 앞사람 머리 위쪽을 응시하거나 여러 가지 영상을 덤덤하게 보는 것이 일상의 모습과 비슷하다. 그리고 길지 않은 침묵의 시간이 지나 엘리베이터가 멈추고 문이 열렸다.

사람들의 움직임이 서서히 정체되어 갔다. 전망대에는 밖을 내다보며 도시의 야경을 감상하는 것 이외에도 천사의 날개, 하얀 북극곰 모형, 별 조명 등 여러 종류의 경관소형물을 배경으로 사진을 찍거나 경치를 감상하는 등의 이유로 머무는 시간이 길어지기 때문이다.

우리도 열심히 사진을 찍다가 자연스럽게 시선이 창 쪽으로 향했다. 캄캄해져 검은색으로 변한 바깥은 크고 작은 건물과 자동차들이 뿜어내는 불빛으로 채색되어 보석처럼 빛나고 있었다. 마치 360도의 거대한 스크린에서 상영되고 있는 웅장하고 화려한 영화의 한 장면을 보는 것 같았다.

야경이 예뻐 사진을 찍으려 했는데 밖이 어두워서 그런지 거울처럼 유리창에 내 얼굴이 선명하게 비쳐 사진을 제대로 찍을 수가 없었다. 그래서 실외 전망대로 올라갔다. 91층, 관람객이 올라갈 수 있는 가장 높은 곳이었다.

하지만 바람이 너무 강하게 불어와 야경을 온전히 즐기기에는 어려움이 있었다. 게다가 안전 펜스가 설치되어 있어 철망 사이의 작은 구멍으로 풍경을 내려다봐야 했다. 당연히 야경을 배경으로 사진을 찍기에도 적합하지 않은 장소였다. 그래서인지 이곳에는 사람도 그리 많지 않았다.

▼ 89층 전망대에서 본 타이베이 야경

어느 정도 야경을 관람했으니 이제는 내려가야 한다는 생각이 들었다. 다시 89층 전망대로 내려와 엘리베이터 타는 곳을 찾는데 커피숍이 보였다. 매표소에서 받은 100위안짜리 음료 쿠폰이 생각나 일행들을 불러모았다. 그런데 할인 쿠폰이므로 100위안을 훨씬 넘겨야만 사용할 수 있단다. 일행들에게 사정을 얘기하며 주문할지 말지 물었더니 이구동성으로 그냥 가자고 한다. 100위안짜리 8장, 총 800위안의 쿠폰이 그대로 휴지통으로 들어가고 말았다.

딘타이펑에서의 만찬

101전망대에서 내려와 예약한 식당 딘타이펑으로 갔다. 카운터 종업원에게 이름을 말하니 10분 정도 기다리라고 한다. 도대체 얼마를 더 기다려야 하는지 뱃속에서 원성이 자자하다. 기다리는 동안 메뉴를 생각해 놓는 게 좋다고 하는데 처음 온 거라 어떤 것을 주문해야 하는지 도통 알 수가 없다.

그래도 시간은 흘러가게 마련이어서 드디어 종업원이 내 이름을 불렀다. 지리가 났다는 것이다. 반가운 마음에 서둘러 안으로 들어가니 한 직원이 우리를 자리로 안내하고 주문 방법을 알려준다.

휴대폰으로 대기표의 QR코드에 접속하여 주문할 수도 있고, 메뉴판을 보고 주문표에 수량을 표시하여 주문해도 된다고 한다. 나는 휴대폰으로 멋지게 주문하려 했지만, 인터넷 접속이 원활하지 않아 몇 번 시도하다 포기하고 주문표 메뉴에 수량을 적어 종업원에게 주었다. 해외 데이터 로밍은 장소에 따라 오락가락하는 것 같다.

이 식당의 주요 메뉴는 만두이나. 그중에서도 가장 유명한 것은 '샤오롱바오'인데 작은 대나무 찜통인 롱즈에 쪄낸 중국식 만두다. 샤오

롱바오, 게살샤오롱바오, 닭고기샤오롱바오, 자연송이샤오롱바오, 새
우샤오롱바오 등 종류가 다양하며 속에 육즙이 들어있다.

딘타이펑 101점

딘타이펑에 의하면 세상에는 차조심, 불조심, 개조심 등 조심할 것
들이 너무 많은데, 샤오롱바오도 그중 하나라고 한다. 왜냐하면 대나
무 찜통인 롱즈에서 쪄내온 샤오롱바오를 그냥 입 안에 넣으면 뜨거
운 육즙으로 입천장을 델 수 있고, 젓가락으로 잘못 집으면 만두피가
터져 육즙을 흘릴 수 있으며, 너무 맛있어서 하나라도 더 먹으려다 가
까운 사람과 의가 상할 수 있으니 조심하라는 것이다.

메뉴판 그림을 보면 둥그런 모양의 롱즈에 샤오롱바오가 비교적 많
이 들어있지만, 예전에 광저우 딤섬 식당에서 매우 작은 크기의 음식
이 나왔던 것을 경험해 보았기 때문에 많다 싶을 정도로 여러 종류의
샤오롱바오를 주문했다. 하지만 함께 온 일행들이 다 못 먹는다고 자
꾸 뭐라고 해서 결국은 원하는 대로 두 종류만 주문하게 되었다.

역시나 막상 종업원이 가져온 샤오롱바오는 아주 작은 송편 크기였

다. 101전망대 야경을 보느라 식사시간이 훨씬 지난 때라 뱃속에 기별도 보낼 수 없는 양이다. 한 롱즈에 10개 정도 들어있었지만 먹는 것이 아니라 그냥 간을 보는 수준이었다고 해야 옳을 것이다. 우리가 8명이므로 겨우 한 개를 먹었다.

각자 한 개씩을 먹어서 롱즈에 두 개가 남았다. 아무도 선뜻 젓가락을 들이대지 못했다. 주문을 극구 만류했던 일행이 미안했던지 나더러 먹으라고 권했지만, 체면상 선뜻 그럴 수는 없었다. 대신 종업원을 불러 추가 주문을 했다.

사실 광저우 딤섬 식당에 갔을 때도 상황은 비슷했다. 음식이 나왔지만, 무슨 소꿉놀이 하듯 엄지손가락 크기였다. 먹나가 만 기분이라 더 주문하고자 했으나 대기하고 있는 사람들이 워낙 많아 그냥 계산하고 나와야 했다.

다시 음식 서빙이 시작되었다. 샤오롱바오는 얇은 만두피 안에 육즙이 들어있는데 바로 이 육즙이 주 음식이기 때문에 흘리면 안 된다. 그래서 샤오롱바오를 주문하면 종업원이 먹는 방법을 알려준다. 우선 젓가락으로 조심조심 만두를 들어 작은 수저에 올려놓는다. 그리고 젓가락으로 만두피를 살짝 찍어 수저에 흐르게 하여 식힌 다음, 취향에 따라 미리 제공된 초간장에 생강채를 찍어 만두 위에 올려놓고 먹는다. 이렇게 하면 육즙이 뜨거워 입천장을 델 염려도 없고 아까운 육즙을 흘려버릴 염려도 없다.

그럼 맛은 어떨까? 불행하게도 식사시간을 놓쳐 배가 고팠으므로 무엇을 먹어도 맛이 있을 때라 객관적인 판단을 내리기 어려웠다. 그래도 다이베이에 왔으니까, 딘타이펑에서 샤오롱바오를 한번 먹어보는 것도 좋겠다는 생각이 들었다. 또한, 배가 부를 때까지 샤오롱바오를 먹으면 좋겠지만 계산할 때 놀라지 않으려면 적당히 먹고 볶음밥과 채소볶음으로 마무리하는 것도 괜찮을 것 같다.

그럭저럭 저녁 식사를 마치고 밖으로 나왔다. 그리고 왔던 대로 지하철을 타고 어렵지 않게 호텔에 도착했다. 맡겨두었던 짐을 찾아 객실에 들어가니 하루가 어떻게 지나갔는지 꿈만 같다. 창문 밖 큰길 건너편에 타이베이역이 웅장하게 서 있다. 다음 날 아침 일찍 고속열차를 타고 타이난에 갈 계획이었는데 바로 앞에 역이 있으므로 안심이 되었다.

대만 배낭여행

대만의 옛 수도, 타이난

#2

타이난 가는 길

아침 식사는 7시부터 제공되었다. 조금이라도 일찍 타이난에 도착해야 많은 판팡시를 볼 수 있겠지만 호텔에서 제공되는 조식을 먹기 위해 출발시각을 조금 늦췄다. 왜냐하면 호텔 조식은 서양식과 대만식이 혼합된 뷔페식이라 입맛에 잘 맞기 때문이다. 만약 조식을 포기하고 더 일찍 열차를 탄다면 아침 식사를 어떻게 해결할지, 입맛에는 맞을지를 고민해야 할 것이다.

식당에는 이미 사람들로 붐비고 있었다. 서둘러 음식 진열대에 가서 한 점씩만 접시에 올려놓았는데도 어느새 수북했다. 여행시간이 촉박하여 점심시간을 언제 가질 수 있을지 알 수 없으므로 최대한 많이 먹어두었다.

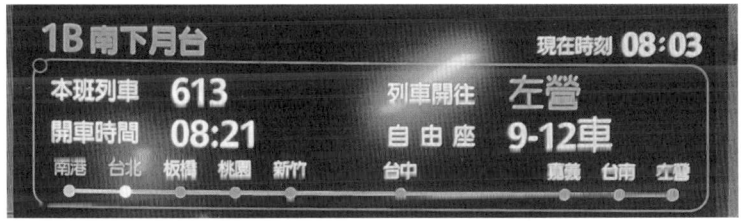

플랫폼 전광판(08시 21분 출발 613번 열차)

기차표는 이미 받았고 역은 코앞이므로 아무 걱정이 없었다. 우선, 역내로 들어가 전광판 앞에서 기차표를 꺼냈다. 우리가 타야 할 613 이라는 열차번호와 출발시각, 그리고 플랫폼 번호가 적혀있었다.

대만 열차 탑승 절차는 우리나라와 비슷하다. 승차권에 이름이 쓰여있지 않으며 역 구내에 진입할 때 여권을 제시하지 않아도 된다. 물론, 보안 검색도 없다. 또한 고속철도 노선은 서해안을 따라 가오슝까지 단일 노선으로 운행되며 열차도 10~20분 간격으로 자주 운행되기 때문에 사람들이 길게 줄을 서거나 혼잡한 상황은 거의 없는 것 같다.

대만 여행은 처음이므로 어디를 가야 좋을지 몰라 대만 관광청 홈페이지를 방문했었다. 지역별 명소를 파악하기 위해서다. 그러던 중 우연히 외국인을 대상으로 타이베이 이남으로 가는 고속철도 승차권에 대하여 1+1 이벤트가 진행 중이라는 사실을 알게 되었다.

즉시 대만 관광청이 지정한 여행사 홈페이지를 통해 타이난까지 가는 승차권을 반값에 구입했다. 그리고 타이베이로 돌아오는 승차권도 할인받을 수 있는 방법이 있을까 찾아보니 한 유명 여행사 홈페이지에서 30% 할인 이벤트를 하고 있었다. 그래서인지 열차를 기다리는 내내 마음이 한결 가벼웠다.

탑승을 기다리는 대만 사람들은 탑승 대기선 안에서 질서 있게 줄을 섰다. 조급하게 새치기하거나 대기선 밖으로 또 하나의 줄을 만들 필요는 없었다. 남보다 늦게 타더라도 지정된 좌석이 우리를 기다리고 있기 때문이다.

드디어 플랫폼에 열차가 멈춰 섰다가 사람들을 싣고 서서히 속도를 냈다. 그리고 대만의 풍경들이 파노라마처럼 눈앞에 펼쳐졌다. 3월 2일, 이른 봄이지만 산과 들에는 푸르름이 가득했다. 이따금 나타났다가 사라지는 공동묘지들이 이채롭게 느껴졌다. 규모의 차이는 있지만 하나하나를 살펴보면 콘크리트로 작은 집처럼 지어져 있는데 대단히 화려하게 채색되어 있었다. 대만 사람에게 물어보니 그곳이 가족 묘지라고 했다. 죽은 뒤에도 가족들이 한집에 모여 살기를 바라는 마음이 느껴지는 듯했다.

열차는 1시간 45분을 달려 오전 10시 6분, 타이난역에 도착했다. 청나라 말기에 타이베이가 대만의 중심도시로 부상하기 전까지 타이난은 대만의 수도이자 문화 예술의 중심지였다. 그래서 역사 유적지가 많다고 한다. 이것이 타이난을 여행계획에 포함한 이유였다.

치메이 박물관

타이난에서의 일정은 10시 6분부터 단 1일에 불과했다. 점심 식사 시간을 제외하면 한나절이라고 해야 옳을 것이다. 이처럼 짧은 시간에 대중교통을 이용하여 타이난을 여행한다는 것은 거의 불가능했다. 그래서 우선 우리 8명이 함께 탈 수 있는 차량을 임차하기로 했다. 기사 포함 1일 임차료는 24만 원으로, 1인당 3만 원인 셈이다. 충분히 감당할 만한 수준의 가격이었다.

먼저 타이난 고속철도역에서 10분 거리의 치메이 박물관(奇美博物館)부터 갔다. 처음에는 그냥 흔한 박물관으로 생각하고 여행 일정에서 제외했지만, 대만 친구가 한 번쯤 가볼 만한 명소라고 추천해서 일정에 포함하게 되었다.

치메이 박물관 앞 도로에서 내려 입구로 들어가면 넓은 유럽풍의 정원이 펼쳐진다. 그리고 이어지는 아폴로 분수 광장…. 멀리 하얀색 그리스식 건물이 보인다.

분수 광장 너머에는 해자를 건널 수 있도록 올림푸스 다리(奧林帕斯橋)가 세워져 있고 교각에는 천사상이 조각되어 있다. 또한, 다리 건너편에 넓은 광장이 펼쳐져 있으며 그 끝에 길이 150m, 높이 42m의 치메이 박물관 본 건물이 서 있다. 아직 박물관 내부에 들어가지도 않았는데 거대한 규모는 여행자를 압도하기에 충분했다.

치메이 박물관 전경

치메이 박물관은 치메이 그룹 창립자 쉬원룽(許文龍)이 개인적으로 수집한 소장품을 전시한 박물관으로, 서양 예술, 악기, 병기, 동물 표본 및 화석으로 구성되어 있다. 매표소에서 입장권을 구입하여 내부로 들어가면 커다란 홀이 있고 첫 번째 전시실에는 각 대륙의 대표적인 동물 표본과 다양한 화석이 전시되어 있다. 특히, 동물 표본은 살아있는 것 같은 착각을 불러일으킬 정도로 현장감 있게 표현되어 있다.

동물관 관람을 마치고 나오자, 병기관이 기다리고 있다. 이곳에는 세계 각지의 옛 병기들이 전시되어 있는데 나라마다 고유한 특색을 가지고 있어 매우 흥미롭다. 특히 시대별로 칼, 창, 도끼, 활, 석궁, 총, 갑옷, 방패 등의 무기가 전시되어 있어 제작 기술의 진화 과정을 알 수 있다.

또한, 2층 예술관에는 많은 미술작품이 전시되어 있다. 모두 유럽의 유명 미술관에 있을 법한 수준 높은 작품들이다. 서양미술, 로댕과 지인들의 작품, 고대 그리스·로마 시대부터 근대에 이르는 조각 작품 등 다양한 작품들이 전시되어 있다. 특히, 몇몇 작품 앞에는 많은 사람들이 군집해 있는데 모두 가이드의 설명을 열심히 듣고 있다. 아마도 매우 저명한 화가가 그린 명작일 듯싶다.

악기관에는 피리, 북, 나팔, 현악기, 백파이프 등 세계 여러 민족의 다양한 악기가 전시되어 있다. 특히 바이올린 명장들이 제작한 고가의 명품들이 전시되어 있어 관람객들의 발길을 멈추게 한다.

치메이 박물관

박물관을 나오며 '좋은 문물은 혼자만 감상하는 것이 아니라 더 많은 사람과 함께 공유하는 것'이라는 생각 아래 박물관을 세우고, 수많은 작품을 기증한 쉬원룽의 정신이 소장품보다 더 값지게 느껴졌다. 박물관에 전시된 작품이 4,000여 점으로 소장품이 3분의 1 정도밖에 안 된다고 하니 그 열정이 참으로 존경스럽다.

설탕공장 얼음가게[糖廠冰店]

치메이 박물관에서 많은 시간을 보내서였는지 목이 말랐다. 박물관에도 매점이 있었지만, 근처에 유명한 아이스크림 가게가 있다고 하여 그곳에서 먹으려고 꾹 참고 지도를 봤다. 걸어서 대략 10분 정도 걸리는 거리였다. 우리는 차를 타고 왔으므로 처음 도착했던 입구 쪽으로 걸어야 했다. 아무래도 차를 타고 이동해야 아이스크림을 먹고 다음 행선지로 이동하기에 편리할 것 같았기 때문이다.

설탕공장 얼음가게

5분쯤 지났을까? 오래되어 허름한 건물에 낡은 간판이 눈에 들어왔다. '설탕공장 얼음가게'라는 뜻의 '탕창빙디엔(糖廠冰店)'과 '설탕 얼음'이라는 뜻의 '탕빙(糖冰)'이 쓰인 간판은 이곳이 아이스크림 가게임을 짐작게 했다. 창고처럼 생겨 겉으로 봐서는 안에 아무것도 없을 것 같았지만 혹시나 해서 문을 열어보니 사람이 근무하고 있었다.

가게 내부에는 별다른 인테리어가 되어있지 않았다. 바닥과 벽은

큼지막한 사각 타일이 붙여져 있고, 여러 대의 냉장고에 다양한 재료의 아이스크림이 진열되어 있었다. 아주 오래된 가게라는 느낌이 들었다.

이곳의 명칭은 한자로 대당인덕당창빙품부(台糖仁德糖廠冰品部)로 되어있는데 대당(台糖)은 대만설탕회사(台湾糖業公司)의 약칭이며 인덕(仁德)은 지명, 당창(糖廠)은 설탕공장, 빙품부(冰品部)는 빙과류 부문이라는 뜻이다.

인덕(런더)은 17세기경부터 사탕수수를 재배하고 설탕을 생산한 지역이며 일제 강점기에 공업화를 통한 대량생산으로 상공업이 크게 번 딜했다고 한다. 이후, 국민당 정부가 여러 설탕 회사를 합병하고 대만 설탕회사를 설립하여 대규모 수출로 크게 성장하였으나 지금은 사양 산업이 되어 공장문을 닫았다는 것이다.

사연을 듣고 보니 이 가게가 대만 설탕의 역사를 간직하고 있어서 유명해졌으리라는 느낌을 받았다. 이곳을 방문한 여행자들에게 인기 있는 아이스크림은 '크래커 샌드위치 아이스크림'과 '팥 우유 아이스크림' 등 다양한 종류가 있다고 한다. 그런데 모든 아이스크림을 다 맛볼 수는 없는 노릇이다.

중국어 회화 실습을 할 겸 해서 가게 종업원에게 어떤 것이 제일 맛있느냐고 물으니까 다 맛있단다. 그래서 손님이 가장 많이 찾는 것은 어떤 것이냐고 물으니 '팥 우유 아이스크림'이라고 한다. 가격은 한국 돈으로 1,300원 정도였다. 가격이 적당한지는 잘 모르겠지만, 그리 망설일 만한 금액은 아닌 것 같아 인기 있다는 아이스크림을 주문했다.

공깃밥 그릇보다 작고 종이컵보다 큰 용기에 담긴 아이스크림 위에 삶은 팥을 한 국자 담아주는데 이것이 바로 '팥 우유 아이스크림'이다.

플라스틱 수저로 팥을 아이스크림에 비볐다. 점심때가 되었고 갈증도 나서 그런지 모두 맛있게 먹는 듯했다. 나도 한 수저 떠서 입에 넣어보니 단팥 아이스크림 맛이 났다.

아이스크림 가게에서

스차오 녹색터널

치메이 박물관에서 오전 일정을 마무리하고 오후 일정으로 스차오 녹색터널, 안평수옥, 안평고보, 그리고 츠칸러우를 관람하기로 했다. 이동에 상당한 시간이 소요될 것이고 점심 식사도 해야 하므로 시간이 촉박했다.

특히 관광지마다 마감시간이 있었다. 스차오에서는 배를 타야 하는데 손님이 많은 경우 줄서기로 시간이 크게 지체된다고 한다. 반대로 손님이 없으면 정원을 채울 때까지 기다려야 하며 이때는 오후 두 시까지만 운항한다는 것이다. 그래서 가장 먼 거리에 있으면서 마감 시간이 임박한 '스차오'부터 가서 배를 타고 난 후 점심을 먹기로 했다.

아이스크림 가게를 떠나 40분 만에 스차오 녹색터널(四草綠色隧道, Sicao Green Tunnel)에 도착했다. 이곳도 3월은 여행 비수기에 해당하는지 한산했다. 그래도 배 타는 순서를 빠르게 하려고 서둘러 승선권을 사서 줄을 섰다. 다행히 거의 맨 앞줄을 차지했다.

스차오 녹색터널 유람선

서서히 우리 뒷줄이 하나둘 채워지너니 승선 성원에 가까워졌는지 개표구가 열렸다. 선사에서 대여하는 구명조끼와 삿갓 모양의 원주민 모자를 쓰고 설레는 마음으로 배에 올랐다. 그런데 현대식 시설을 갖춘 멋진 타이타닉 형태의 유람선이 아니라 나무로 만든 건지 플라스틱으로 만든 건지 알 수 없을 정도로 촌스러운 배였다.

별도의 여객실이나 지붕이 없고, 바닥에 대중목욕탕 의자가 놓여있을 뿐이었다. 스차오에 왔으니, 스차오의 법을 따라야지 별수 없었다. 일행을 재촉해 가장 앞쪽의 의사에 앉노록 했다. 배의 시설보다 경치를 가장 잘 볼 수 있는 위치를 먼저 차지하는 것이 중요했기 때문이다.

승객들이 모두 승선한 것을 확인한 선장이 시동을 걸자 배가 미끄
러지듯이 나아갔다. 그런데 수십 갈래의 수로를 유람하는 줄 알았는
데 하나의 작은 소하천을 왕복하는 좀 시시한 코스였다. 약간 실망감
이 있었지만 그래도 계속 가면 뭔가 멋진 풍경이 나올 것이라는 기대
감은 여전히 남아있었다.

배에 탄 승객 모두는 관광지 명칭처럼 멋진 녹색터널이 나오기를
기다리는 듯 뱃머리 앞쪽을 주시했다. 그리고 얼마 안 가서 하천 양쪽
제방에 가로수처럼 심어진 큰 맹그로브 나무가 서로 맞닿아 있는 구
간이 나타났다. 이곳이 녹색터널이구나 하는 생각이 들었다.

타이난의 3월은 우리나라의 늦봄 날씨와 비슷한 듯하다. 나뭇가지
에는 연둣빛 잎이 막 돋아난 정도였고, 녹음이 짙어지는 시기가 아니
어서 그런지 기대했던 것처럼 하늘을 가릴 만큼 완벽한 녹색터널의
느낌은 아니었다. 녹음이 짙어진 후에 방문하면 좋겠다는 생각이 들
었다.

▼ 스차오 녹색터널

작 엎드리지 않으면 몸이 나뭇가지에 부딪힐 정도였다.

맹그로브 나무

맹그로브 나무를 자세히 보면, 줄기에서 빨대 같은 것이 물 쪽으로 자라나 있는데 어떤 것은 땅이나 물에 닿아있다. 처음에는 물을 흡수하려고 빨대를 꽂았나 싶었는데 사실은 '지주근(받침뿌리)'이라고 하며 땅에 닿아 나무가 쓰러지지 않도록 지지해 수고 일단 땅속으로 들어가면 흡수근의 역할을 한다.

타이난 우육탕

해외여행을 할 때 가장 어려운 문제는 끼니때마다 무엇을 먹을지 정하는 일이다. 그냥 배를 채우려면 햄버거나 샌드위치만 먹어도 되겠지만 음식도 여행의 일부분이고, 또 맛도 있어야 하므로 참으로 고민이 아닐 수 없다. 식당에 들어가 메뉴판을 봐도 도통 무슨 음식인지 어떤 맛이 날지 알 수가 없기 때문이다. 더욱이 일행과 함께 입에 안 맞는 음식을 먹어야 하고 먹는 내내 맛없다고 쑥덕이는 것을 듣는다면 그것도 스트레스다.

그래서 타이난에서 유명한 음식과 식당을 미리 알아봤다. 유명한 식당에서 그 지역 대표 음식을 먹으면 입에 좀 안 맞아도 괜찮지 않나 싶었다. 사람들로 바글거리며 긴 줄을 서야 한다면 그것도 좋은 여행의 추억이 될 것이다.

타이난 출신 지인에게 물어보니 '우육탕'을 추천했다. 중국 란저우에서 우육면을 먹어본 기억이 새삼 떠올랐다. 우육면이 소고기 육수에 국수를 넣은 것이라면, 우육탕은 밥을 말아 먹는 음식일 거라는 생각이 들었다. 그는 내가 보내준 이동 경로를 보고 여행지 중간에 있는 '문장우육탕 안평본점(文章牛肉湯 安平總店)'에서 먹으라고 하였다.

나름 특색있는 스차오 녹색터널 관람을 마치고 나니 점심시간이 한참 지나있었다. 그도 그럴 것이 오전 10시경 타이난역에 도착하여 치메이 박물관을 견학하고 아이스크림 가게와 스차오 터널까지 갔다 왔으니 말이다. 제시간에 식사를 못 해서 그런지 모두 기운이 없어 보였다.

타이난은 처음 와본 지역이라 지인의 의견을 듣는 것이 좋다는 생각에 '문장우육탕'으로 향했다. 물론 다른 대안도 없었고, 또 시간이 촉박하여 맛있을 것 같은 메뉴와 식당을 찾기란 사실상 어렵다는 생각도 있었다.

문장우육탕

이윽고 대로 옆에 차가 멈춰 섰다. 옆에 '문장우육탕'이라는 커다란 간판이 눈에 휙 들어왔다. 제법 규모가 있는 식당이었다. 어찌나 바쁜지 문을 열고 안으로 들어섰는데도 주인이나 종업원이 눈길을 주지 않았다. 이미 홀에는 손님들로 북적이고 있고 군데군데 빈 테이블에는 한바탕 전쟁을 치러 폭격 맞은 것처럼 그릇이 널브러져 있었다.

자리에 앉아있어도 종업원이 올 것 같지 않아 직접 가서 주방 안을 향해 큰 소리로 "후우위엔(服務員)" 하고 종업원을 불렀다. 그제야 내 목소리를 들은 주인인 듯한 아주머니가 종업원을 보내 테이블을 정리하고 우리를 앉게 했다. 무엇을 먹을지 묻는데 어떤 걸 주문해야 하는지 알 수가 없었다.

우선 아는 대로 '우육탕'을 주문하고 그다음 메뉴를 몰라 우물쭈물하자, 종업원이 우육탕과 탕에 들어있는 소고기를 찍어 먹을 수 있도록 양념간장과 생강채를 가져왔다. 그런데 소고깃국 한 그릇씩만 가져왔기 때문에 밥을 따로 주문해야 한다는 것을 금방 알아차렸다.

우육탕에는 고기가 배를 채울 수 있을 정도로 많이 들어있었다. 고기를 건져 간장을 찍고 생강을 곁들여 먹으며 간간이 밥도 한 젓가락

입에 넣었는데 뭔가 채소가 함께 있으면 좋겠다는 생각이 들었다. 그래서 배추 볶음과 청경채 볶음을 주문하여 함께 먹으니 금상첨화였다. 우육탕 국물을 수저로 떠서 입에 넣었다. 빡빡한 일정으로 갈증이 났는지 국물이 참 시원하다는 느낌이 들었다.

용수에 덮인 안평수옥

점심 식사를 마치고 안평수옥(安平樹屋, 안핑수우)에 갔다. 이곳의 건물은 원래 명정(明鄭)과 청나라 시대에 영상(英商) 덕기양행의 창고였으나 시대의 변천에 따라 폐쇄된 후 용수(榕樹)에 점령당해 현재의 수옥(樹屋, 나무집)이 되었다고 한다.

창고를 점령한 용수

용수는 가지에서 뿌리의 일종인 기근(氣根)이 내려오는데, 이것이

땅에 닿으면 나무를 지지해 주는 받침뿌리(支柱根)가 된다. 전에 창고였던 건물 내부에 들어가 보니 기근이 벽체를 타고 땅에 닿아 단단한 지주의 역할을 하고 있었다. 문득, 영화 〈툼 레이더〉의 촬영지로 유명해진 캄보디아 씨엠립에 있는 따프롬 사원이 생각났다. 그곳에도 종류는 다르겠지만 건물을 단단히 움켜쥐고 있는 나무가 있었다.

당시의 기술로는 가장 견고했을 서양식 건물이 한 그루 나무로 인해 자연으로 되돌려지고 있었다. 사람이 살지 않는 건물은 금방 노후화되어 망가진다는 말이 맞는 것 같다. 이곳도 폐쇄되어 오랫동안 사람의 손길이 닿지 않았을 것이고, 그래서 용수 씨앗 하나가 울타리 안으로 들어와 작은 싹을 틔웠지만 아무도 뽑아 주는 이가 없어 그대로 기근(氣根)과 씨앗을 통해 번식하여 건물 전체로 번졌을 것이다.

언젠가 TV에서 가장 강력한 자연재해는 태풍도 지진도 아닌, 시간이라고 주장하는 다큐멘터리를 본 적이 있다. 인류의 문명이 시간의 흐름 속에서 노화되고 파괴되어 결국에는 자연 상태로 복원되어 간다는 내용이었다. 이곳 안평수옥도 용수라는 나무의 힘을 빌렸지만 결과적으로 시간이 흐름에 따라 서서히 자연으로 되돌려지고 있었던 것이다.

문득, 집에 사람이 살지 않으면 금방 폐허가 된다고 하는데 이것은 사실 관리가 안 되어 생기는 현상이라는 생각이 들었다. 달리 말하면 몇 세대에 걸쳐 사람이 살아온 고택이 지금껏 건재할 수 있었던 것은 관리를 받아왔기 때문이다.

그런데 끊임없이 쓸고 닦고 고쳐야 오래 사용할 수 있는 것이 어찌 집뿐이겠는가? 마음도 이렇게 끊임없이 쓸고 닦고 고치면서 살면 언제까지나 변치 않고 처음과 같을 것이라는 생각이 들었다.

네덜란드 요새, 안평고보

안평수옥에서 나와, 걸어서 10분 이내의 근거리에 있는 안평고보(安平古堡, 안평구바오)로 이동했다. 이곳은 17세기 네덜란드 사람들이 건립한 군사시설로 '질란디아 요새'라고도 부른다. 입장료를 내고 안으로 들어가면 붉은 벽돌로 만들어진 성벽을 볼 수 있는데 대부분 파괴되고 일부만 남아있다.

과거 네덜란드 식민지 정부청사로도 이용되던 곳으로, 명나라 말기에 '정성공'이라는 사람이 네덜란드 사람들을 몰아내고 점령했다고 한다. 그 후 명나라가 멸망하자 동녕왕국을 세웠으며 이후 3대까지 왕국이 이어지다가 청나라에 정복당했다.

요새에 입장하면 바로 정성공의 동상이 있다. 20세기 중국이 열강의 침략으로 위기에 처했을 때, 그는 네덜란드라는 서구 열강을 몰아내고 타이난을 수복한 인물로 주목받았으며, 이러한 업적으로 인해 '민족 영웅'이라는 칭호가 붙었다.

안평고보(질란디아 요새)

요새 내부에는 용수가 많이 자라고 있다. 특히 안평수옥처럼 일부 남아있는 성벽에 뿌리를 내린 것이 여기저기 눈에 뜨인다. 아마도 타이난의 기후가 생육에 잘 맞아서 그럴 것이라는 생각이 들었다. 이곳 또한 박물관으로 개발되지 않았다면 용수에게 점령당해 폐허가 되었으리라.

계단을 걸어 맨 위쪽으로 올라가면 작은 박물관이 있다. 이곳에는 무기와 모형, 정성공에 대한 설명 등이 전시되어 있다. 그리고 야외에는 해안포가 바다 쪽을 향해 놓여있어 이곳이 한때 타이난을 지키는 중요한 방어시설이었음을 짐작하게 한다.

관람을 마치고 큰 도로 쪽으로 걸어 나왔다. 시간에 쫓겨 입장할 때와는 달리 마음의 여유가 있어서 그런지 거리의 풍경이 보이기 시작했다. 오래된 건축물, 좁은 골목으로 이어지는 이 길은 '안평노가'라는 이름의 옛 거리였다. 중국의 노가(老街)가 그렇듯 이곳도 과자, 떡, 차, 육포 등 다양한 전통 먹거리와 기념품을 파는 골목 상가라는 느낌이 들었다.

버블티 원조, 춘수당

대만에 가면 먹고 싶은 것이 몇 가지 있었다. 그중 하나는 버블티였다. 현지에서는 전주나이차(珍珠奶茶)라 불리는 것으로 우리나라에서는 '흑당 비블디'로 알려져 있다.

열대 지방 구황작물인 카사바(Cassava)의 뿌리로 만든 타피오카 전분을 우유 차에 넣은 것이다. 바닥에 깔리는 검은색 전분 알갱이가 마치 진수처럼 생겼기 때문에 '진주우유차'라는 이름이 붙지 않았나 생각된다.

전주나이차의 영어식 표기 '버블티'는 진주 모양의 전분을 뜻하는 것이 아니라, 흔들면 거품이 일기 때문에 버블티라고 한다. 그리고 여러 가지 설이 있으나 타이중에 있는 춘수당(春水堂) 본점이 그 원조라는 주장이 널리 알려져 있다. 그래서 춘수당 본점에서 직접 맛보고 싶었으나 이번 여행 일정에 타이중이 포함되어 있지 않아 부득이 타이난에 있는 지점으로 가기로 했다.

춘수당 타이난점은 도심에 있으므로 시내 중심으로 이동했다. 그런데 대만에 처음 발을 디뎠을 때부터 느낀 것이지만 오토바이가 유난히 많다. 왜 그런지 물어보니 대만은 땅이 좁고 인구밀도가 높아 주차가 어려운 승용차보다 오토바이를 선호한다는 답변이 돌아왔다.

오토바이를 이렇게 많이 타고 다니면 어디선가는 사고가 있기 마련이지만 여행 일정 동안 사고로 도로가 정체된 일은 없었다. 아마도 철저하게 질서를 지키기 때문인 것 같다. 교차로 신호등 앞에 수십 대의 오토바이가 대기하고 있는 모습은 이곳에서 매우 흔한 풍경이다. 그러나 헬멧을 쓰지 않은 사람은 단 한 사람도 없었다.

특히, 교차로의 도로 맨 앞에는 사각형 박스가 그려져 있는데 이 구역은 자동차는 정차할 수 없고, 오토바이만 정차할 수 있도록 제도화된 듯했다. 또한, 오토바이는 직접 좌회전하지 않고, 일단 우회전한 뒤도로의 맨 앞에 있는 오토바이 전용 박스에서 대기했다가 직진 신호를 받은 후 앞으로 가는 두 단계의 좌회전 신호체계를 따르고 있었다. 놀랍게도 모두가 이 규정을 잘 지키고 있었다.

타이난 도심에 있는 춘수당은 비교적 큰 빌딩 안에 있었다. 그래서 주차를 위해서 건물 지하주차장으로 이동하였다. 그런데 지하 1층은 오토바이 주차장으로 지정되어 있었고, 모두 질서 정연하게 주차되어 있었다. 지하 2층부터가 승용차 주차장이었는데, 대만 사람들의 철저한 질서 의식을 피부로 느낄 수 있었다.

도로주행 오토바이　　　　　　　　건물 내 오토바이 주차장

어렵게 주차하고 지상 1층에 있는 춘수당으로 들어갔다. 메뉴판을 보니 베이커리 카페처럼 음료만 파는 것이 아니라 다양한 간편 음식도 함께 판매하고 있었다. 여기에서 버블티는 물론, 간단한 식사도 가능한 것 같았다.

음료를 주문할 때 반드시 선택해야 할 것들이 있다. 양은 얼마나 할시, 설탕은 어느 정도 넣어야 할지, 얼음은 또 얼마나 넣어야 할지를 말해야 한다. 음료의 종류는 메뉴를 보면 되고, 전주나이차(버블티)를 주문할 경우, 우선 크기를 쫑뻬이(中杯, 미디엄) 또는 따뻬이(大杯, 라아지) 중에서 선택하면 된다.

다음은 차가운 음료(冰的, 삥더), 따뜻한 음료(熱的, 러더) 중 하나를 선택해야 한다. 만약 차가운 음료를 선택했다면 추가로 얼음의 양도 선택해야 한다. 얼음을 넣지 않겠다면 '취삥(去冰)', 조금만 넣겠다면 '샤오삥(少冰)', 정상적으로 넣겠다고 하면 '쩡창(正常)'이라고 말하면 된다.

춘수당 버블티   춘수당 두부 요리

마지막으로 선택할 것은 설탕(糖)의 양이다. 설탕의 농도는 0에서 4까지 5단계로 나뉘며 0은 '우탕(無糖)', 1은 '웨이탕(微糖)', 2는 '빤탕(半塘)', 3은 '샤오탕(少糖)', 4는 '첸탕(全塘)'이라고 한다.

나를 비롯한 동행들은 대부분 따뜻한 음료에 설탕을 조금 넣어 주문했는데 차의 맛을 잘 모르겠다는 반응이 많았다. 버블티는 차갑게 마시고, 설탕을 많이 넣어야 제맛이 날 것 같았다.

프로방시아의 성루, 츠칸러우

춘수당에서 버블티를 마시고 난 후 예약된 호텔로 향했다. 먼저 기사를 보내고 체크인을 마쳤다. 그리고 근처에 있는 '츠칸러우(赤嵌樓, 적감루)'를 관람했다. 이곳 역시 1653년 네덜란드 식민지 시절 세워진 프로방시아(Provintia) 성의 성루(城樓)이다. 지휘소로 사용하다가 정성공에게 점령당한 이후에는 화약과 무기를 보관하는 장소로 사용되었다.

청나라 시대에 이르러서는 지진과 난(亂)으로 훼손되었다가 이후 보수되어 관광지로 활용되기도 하였고, 1884년 광서제 때 해체되었고

2년 후 민남식 누각이 세워졌다. 1895년 일본에 점령당한 뒤에는 일본군 병원으로 사용되었고, 일본이 패전(敗戰)하여 철수한 뒤에는 박물관으로 사용되는 등 파란만장한 역사를 지니고 있다.

츠칸러우

내부에 해신(海神)을 모시는 사당(廟)이 있어서 가끔 관람객들이 해신을 향해 절하고 기도하는 모습이 보였다. 또한, 문창각(文昌閣)에는 시험의 신이 모셔져 있었는데, 많은 수험생이 와서 시험을 잘 보게 해 달라고 수험표를 붙여놓고 기도를 올린다고 한다.

누각 2층에서 내려다본 야경

어느새 땅거미가 지고 노란색 조명이 켜졌다. 너무 밝지도 않고 어둡지도 않은 은은하게 퍼져나가는 빛이 400년 전의 옛 정취를 느끼게 해주었다. 어찌 보면 별로 유쾌하지 않은 역사이겠지만, 과거 청산을 명분으로 파괴하는 것보다 보존을 선택한 덕분에 지금은 안평고보와 함께 타이난의 양대(兩大) 역사 유적지로 활용되고 있다. 과거에 일어났던 모든 일들이 상호작용하여 현재를 만들었으므로 맘에 들지 않더라도 보존이 필요하다는 생각이 들었다.

타이난에서의 만찬

타이난에서의 여행 일정이 끝났다. 점심은 간단하게 먹더라도 저녁은 제대로 된 맛집에서 먹으려고 대만 친구에게 물어보니 아메이 레스토랑(阿美飯店)을 추천해 주었다. 8명이 먹을 수 있는 30만 원짜리 대만 전통 코스 요리를 주문하면 모두가 만족할 수 있을 거라는 이유였다.

식당은 호텔에서 도보로 10분 거리에 있으므로 걸어서 찾아가기로 했다. 스마트폰 내비게이션을 작동시켜 지시하는 대로 이동하면 되었다. 그런데 처음에는 번화가로 잘 안내하다가 갈수록 상가 대부분이 문을 닫아 어두워진 방향으로 안내하는 것이었다.

캄캄하지만 안내하는 대로 따라가다가 이건 아니다 싶어 갈까 말까 망설이고 있는데 멀리서 대만 여성 두 명이 다가오는 것이 보였다. 나는 우선 그들에게 지도를 보여주며 이 길이 맞는지 물어보았다. 그러자 그녀들은 스마트폰을 검색해 보더니 자신들이 왔던 방향을 가리키며 그쪽으로 가라고 했다. 그러고는 우리가 못 찾을 것 같다며 동행해 주겠다고 앞장서 갔다. 참으로 고맙다는 생각이 들었다.

가까스로 찾아간 식당은 영업시간이 다 끝나가는지 손님이 없어 한산했다. 우리가 망설이며 안으로 들어가서 식사를 할 수 있느냐고 물으니 갑자기 분주히 움직이며 자리를 내준다. 미리 무엇을 먹을지 메뉴를 골라놓았으나 왠지 30만 원(6,800 대만달러)이라는 비용이 아깝다는 생각이 들었다.

아메이 레스토랑

내가 메뉴판 코스 요리 페이지에서 잠시 망설이다가 저렴한 가격의 단일 요리 페이지로 넘기려 하자 주인이 보고 있다가 파격적인 가격에 해주겠다며 코스 요리를 권했다. 그의 친절에 환호라도 하고 싶었지만 체면상 못 이기는 척하며 "오케이"라고 대답했다.

요리는 디저트까지 포함하여 모두 9가지였다. 처음에는 가벼운 음식이 나오고, 차차 비싸 보이는 음식 순으로 서빙이 이루어졌다. 그런데 식사시간이 지나 모두 배가 고팠는지 음식이 나오자마자 순식간에 접시가 비워졌다. 이렇게 음식이 하나씩 나올 때마다 정신없이 먹다 보니 정작 고급스러운 음식이 나왔을 때는 배가 불러 더 이상 먹기 힘들어졌다. 나중에는 음식이 아까워서 맛이라도 보자는 마음으로 거의 한 젓가락씩 먹었을 뿐이다. '소탐대실'이라더니, 우리는 눈앞의 작은 이익에만 집착하다가 정작 큰 기회를 놓치고 말았다.

$6800（全席）
四　碟　拼　盤
紅　燒　大　翅
紅　蟳　米　糕
腰果蝦仁/白灼蝦
乾　炒　鱔　魚
清　蒸　時　魚
砂　鍋　　　鴨
布　　　　　丁
八　寶　冰/冰淇淋

코스(세트) 요리

게 요리

오리 요리

거목들이 살고 있는 아리산

아리산 가는 길

타이난 여행을 마치고 아침을 맞았다. 아리산 여행을 하기로 한 날이다. 아리산은 대만 중부에 있는 해발 3,952m의 옥산 옆에 위치한 2,481m의 산으로 대만에서는 꽤 유명한 관광지라고 한다.

그럼에도 불구하고 교통편이 썩 좋지는 않은 것 같다. 대중교통을 통해 갈 수는 있으나 직통이 없다 보니 우선 타이난에서 기차나 버스를 타고 자이로 이동한 후, 자이에서 버스를 갈아타고 아리산으로 가야 할 것 같았다.

하지만 환승은 시간이 많이 소요되고 번거로워서 아리산에 가려면 자이에서 숙박을 하는 것이 더 편리할 것 같았다. 문제는 타이난 여행을 하루 만에 마무리하려면 늦은 시간까지 타이난에 머물러야 한다는 점이었다. 잠을 자기 위해 자이까지 이동하는 것은 무리가 있었다.

할 수 없이 렌터카를 부르기로 했다. 운전기사 인건비까지 합하면 비용이 좀 발생하지만 우리가 8명이고 절약되는 시간을 고려한 비용편익을 분석하면 훨씬 유리한 결정이 아닐 수 없었다. 더욱이 대중교통을 이용하려면 더 일찍 출발해야 하므로 호텔에서 무료로 제공되는 아침을 먹을 수도 없었다. 별도로 아침 식사를 사 먹어야 하는 비용이 들고, 차 시간을 맞춰야 하는 번거로움과 차표 확보의 불확실성까지 고려하면, 결과적으로 이 결정은 현명한 선택이었다.

1인당 비용이 조금 더 들긴 했지만 전혀 손해가 아니었다. 하루 동안 우리를 도와줄 현지인이 생겼기 때문이다. 어려운 일이나 우리가 필요한 일들은 기사가 모두 해결해 줄 것이다. 이제 우리 편이 생겼으니 앞으로의 여정에 불확실성도 해소되었다.

전날 이용했던 렌터카 기사가 계속 우리와 동행해 주기로 했다. 대만은 과일의 천국이라는 얘기를 미리 들었기 때문에 기사에게 다음날 올 때 계절에 맞게 사 오라고 부탁했다. 물론 현지 가격으로 단순히 심부름하는 것이지만 그로서는 8시에 만나 출발하기로 했으니까 평소보다 더 일찍 집을 나서야 하는 어려움이 있을 것이다.

리엔우   스지아   미짜오

그런데도 기꺼이 수락한 것은 단순히 손님과 종업원 간의 관계가 아니라 하루의 일정 동안 친구가 되었던 까닭이다. 그가 사 온 과일은 리엔우(蓮霧)와 스지아(釋迦), 그리고 대만대추 미짜오(蜜棗)였다. 겨울철에 수확하는 과일로 한국에서는 구하기 힘든 것들이다.

대만은 과일 천국이라고 하지만 3월 초는 절기상 과일 수확이 많지 않아 이걸로 만족해야 했다. 그래도 하나씩 먹어보니 단맛이 장난 아니었다. 특히 '스지아'는 우리말로 '석가'인데 과일의 생김새가 부처님의 머리와 닮았다고 해서 그런 이름이 붙었다고 한다. 속에 들어있는 흰색의 부드러운 과육 맛이 일품이다.

아리산으로 가는 길은 편도 1차선으로 고도를 높여갈수록 구불구불했다. 기사는 속도를 높이면 우리가 멀미를 할 수 있으므로 천천히 가겠다고 했다. 내심 빨리 가주기를 바랐으나 그가 이렇게 말하니 어쩔 수 없이 안전이 제일이라며 고맙다고 했다.

자동차는 타이난 시가지를 벗어나 자이 방향으로 향했다. 산악지대로 접어들자 처음에는 길가에 분홍색 벚꽃이 만개해 있었는데 점점 뜸해지더니 야자수가 부쩍 많아졌다. 그리고 어느 지점부터는 마치 누군가가 의도적으로 심은 것처럼 야자수가 군락을 이루고 있었다.

그런데 야자수라고 하기에는 두께가 너무 얇은 것 같아 기사에게 '코코넛 나무'냐고 물으니 '빈랑(檳榔) 나무'라고 한다. 이 나무의 열매는 씹는 담배처럼 이용하는데, 각성 성분이 있어서 섭취하면 피로가 사라지지만 건강에는 좋지 않다고 한다. 일부 국가에서는 마약으로 지정될 정도로 중독성이 있으나 대만에서는 합법적으로 판매되고 있다. 힘든 일을 하는 육체노동자나 운전기사들이 많이 이용하며 도로 옆 가게에서 쉽게 구입할 수 있다.

아리산 가까이 고산지대에 들어서면서 눈에 뜨이는 특별한 것이 더 있다면 그것은 차밭일 것이다. 들은 이야기지만, 해발고도가 높은 곳에서 재배한 차는 떫은맛이 덜하고 단맛이 많다고 하여 고급 차(茶)로 알려져 있다. 실제로 중간쯤에 있는 휴게소 판매점에 진열된 '아리산 고산차'에 꽤 비싼 가격표가 붙어있었다.

우리 운전기사는 한국 같았으면 모범운전자로 불렸을 것이다. 그동

안 우리를 추월해 간 자동차가 수없이 많았다. 오죽 답답했으면 도로
가 구불구불 이어져 앞이 제대로 보이지 않음에도 우리를 추월해 갔
을까? 속도가 빠르면 멀미할 수 있다며 천천히 가겠다고 한 그는 끝내
약속을 지켰다.

빈랑 나무(오른쪽 가늘고 긴 나무)

아리산 고산차밭

대만 배낭여행

산림열차를 타고

드디어 4시간여를 달린 끝에 아리산 입구를 통과했다. 이제 제일 먼저 해야 할 것은 산림열차를 타기 위해 아리산역에서 기차표를 사는 일이었다. 혹시나 기차표를 못 구하면 힘들게 4시간을 달려온 것이 허사가 되기 때문이다. 먼저 아래에서 일행들을 기다리게 하고 나 혼자 짧지 않은 계단을 걸어 올라가 역으로 들어갔다.

시계를 보니 12시를 조금 넘긴 시간이었다. 서둘러 기차표를 사려고 구내 매표소를 찾았지만, 어찌 된 일인지 창구가 닫혀있었다. 혹시 기차표가 매진된 것은 아닌지 덜커 겁이 났다. '이리면 인 되는데' 하면서 실낱같은 희망이라도 붙잡고자 두리번거리는데 창구 옆에 붙어 있는 안내문이 눈에 들어왔다. 자세히 읽어보니 '중식 시간에는 근무하지 않는다'라는 내용이었다.

아리산역

플랫폼

십년감수했다는 심정으로 기차 타는 곳의 위치라도 미리 파악해 보려고 여기저기 기웃거리는데 몇 명의 관광객들이 매표소 한구석에 있는 무인 말매기에서 승차권을 사고 있었다. 나도 얼른 카드를 꺼니 투입구에 넣고 여러 번 시행착오를 거친 후에 비로소 표를 살 수 있었다.

이제는 점심을 먹을 차례였다. 역 주변은 관광지답게 식당이 많아 아무 데나 들어가 간단히 먹으면 되었다. 식사를 마친 후 혹시라도 늦게 가면 열차를 못 탈 것 같아 바쁘게 역으로 올라갔다.

산림열차는 좌석 번호가 정해져 있는 것이 아니라 지하철처럼 먼저 앉는 사람이 임자였다. 좌석이 없는 승객은 입석으로 가면 되었다. 혹시 열차를 타지 못하면 어쩌나 했던 생각은 기우였다.

아리산 산림열차

아리산 관광지는 그리 넓지 않아 대부분의 구간을 걸어서 둘러볼 수 있는 거리였다. 그래서 더 많은 것을 보고 느끼기 위해 트레킹을 선택하는 여행자도 적지 않다고 한다. 그런데도 우리가 열차를 이용하는 것은 여행 기간이 길지 않아, 한두 시간이라도 아껴 몇 군데라도 더 가보기 위해서였다. 또한, 아리산 산림열차를 체험해 보는 것도 분명 의미 있는 일이었다.

드디어 열차가 '아리산역(阿里山車站)'을 출발해 '차오핑역(沼平車站)'에 도착했다. 이곳에서 내려 '선무역(神木車站)'까지 걸어간 다음, 다시 열차를 타고 아리산역에 갈 것이다. 걷는 구간이 내리막길이라 힘들지 않을 것 같아 선택한 노선이다. 그래서인지 여행자 대부분 이

코스를 이용한다고 한다. 물론 반대 방향은 오르막길을 걸어야 한다.

차오핑역에서 밖으로 나와 지도를 폈다. 도대체 어디로 가야 할지 알 수가 없었는데 크게 걱정할 필요가 없다는 것을 금방 알아차렸다. 왜냐하면 사람들이 일정한 방향으로 오고 가는 것이 보였기 때문이다. 오는 사람들은 선무역에서 오는 것이고, 가는 사람은 선무역을 향해 가는 것이다. 다른 방향으로 가다가 급히 사람이 많은 곳으로 방향을 바꿨다.

사람들이 많이 가고 있는 길이 옳은 길이다.

여행하면서 어디로 가야 할지 길을 모를 때 사람들이 가는 방향을 뒤따라 가면 대부분 맞았다. 이번에도 열차에서 내린 여행자들이 움직이는 큰 흐름을 따라 걸었다. 하지만 매번 맞는 것은 아니므로 길이 맞는지 확인하는 것을 잊지 않았다. 적당하다고 생각되는 사람에게 한 번 물어보고 그 사람이 정답이 아닐 수도 있으므로 조금 더 가서 다른 사람에게 물어 확인하는 과정을 반복했다.

아리산각 호텔을 지나자 작은 건널목이 나타났다. 열차가 이곳을 지나는지는 알 수 없으나 산속의 철로 위에 서서 사진을 찍는 것이 마치 영화의 한 장면같이 느껴져 그냥 지나칠 수 없었다.

철도 건널목

철길 위에서 사진을 찍을 때는 항상 스릴이 있다. 언제 기차가 다가올지 모르기 때문이다. 마치 해서는 안 될 일을 하는 것처럼 역무원에게 들키면 어쩌나 하는 조마조마한 마음으로 사진을 찍었다. 그런데 이 모든 것을 누군가 은밀히 보고 있었다. 당연히 사진을 찍던 우리의 관심은 그를 향했다. 나는 그의 입을 막으려고 '대만 대추' 하나를 주었다. 그가 뇌물을 반갑게 받아 한입 베어먹더니 맛이 없는지 이것도 과일이냐고 집어 던지며 화난 표정으로 가버렸다.

건널목 원숭이

대만 배낭여행

아리산의 거목(巨木)들

건널목을 건너지 않고 철길 방향으로 계속 나아갔다. 길은 어느 정도 철로와 나란히 이어지다가 숲 쪽으로 방향을 틀었다. 하늘을 향해 곧게 뻗은 삼나무들…. 원시시대부터 이어져 내려온 삼나무 자생지인가 싶었는데 안내판 하나가 내 생각이 틀렸다는 것을 일깨워 주었다.

이곳은 일제강점기 목재 수탈 지역으로, 산림철도는 벌목한 나무를 운반하기 위해 만들어졌다고 한다. 대규모 벌채로 울창한 숲이 사라지게 되자, 1947년 대만 정부에서 20여 헥타르에 인공적으로 삼나무를 심었다는 것이다.

인공적으로 조성된 삼나무숲

숲으로 깊이 들어갈수록 굵은 나무가 많다. 그런데 상당수가 예리한 톱으로 베어진 것 같다. 남아있는 줄기와 뿌리를 봐서는 큰 나무였다는 것을 짐작할 수 있었다. 옛날 우리나라에서는 마을의 큰 나무를 서낭나무라 하여 오색천을 걸어놓고 치성을 드릴 정도로 신성시하였는데 건축자재로 사용하려고 마구 베어낸 것이다.

다행인 것은 숲이 복원되었다는 점이다. 일제의 수탈 사실을 모르는 사람이 처음 이 숲에 들어온다면 수천 년을 이어 내려온 원시 숲이라 여길 것이다. 그도 그럴 것이 잘려나간 나무 밑동들이 여기저기 널려있으며 상상할 수 없을 정도로 크다. 몇천 년은 족히 되어 보인다.

밑동만 남은 거목

아리산에는 나무만 있는 것은 아니다. 삼나무 조림지를 지나면 '자매 연못'이라 불리는 두 개의 연못이 있다. 첫 번째 작은 연못은 동생 연못이고, 50m쯤 떨어진 곳에 있는 큰 연못은 언니 연못이다.

옛날에 남달리 우애가 좋은 원주민 자매가 이곳에서 살고 있었다고 한다. 그 자매는 한 명의 남자를 좋아하게 되었고 누구도 사랑을 양보하지 않았다. 그러면서도 언니와 동생 간의 우애도 잃고 싶지 않았다.

대만 배낭여행

결국 자매는 각각의 연못에 몸을 던져 생을 마감했다고 한다. 전설이
지만 참으로 슬픈 이야기가 아닐 수 없다.

동생 연못

언니 연못

사매 연못을 지나면 '진수바오시(金猪报喜)'라는 표지판이 있다. '金
猪报喜'는 황금 돼지가 기쁜 소식을 알린다는 뜻으로, 기념일 등 특별

한 날을 축하할 때 사용된다고 한다. 자세히 보면 표지판 뒤에 돼지를 닮은 등걸이 있다. 어디를 가나 이상하게 생긴 나무나 바위에 동물이나 사람의 이름을 붙여 관광상품으로 만드는 일이 흔히 있는가 보다.

아리산에는 돼지뿐만 아니라 '코끼리 코'를 닮은 나무도 있고, '영원한 사랑'을 연상할 수 있는 나무도 있다. 표지판이 없으면 그냥 지나칠 것들이지만 누군가 이름을 붙이고 의미를 부여하여 유명한 관광상품으로 만든 것이다. 아리산에는 셀 수 없을 정도로 많은 나무가 잘려 나갔고, 그 자리에는 필연적으로 등걸이라는 흔적이 남아있다. 그런데 자세히 보면, 이처럼 보잘것없다고 생각되는 것들에도 의미와 가치를 발견할 수 있다는 생각이 들었다.

기쁜 소식을 알려주는 황금 돼지(金猪报喜)

금강산도 식후경이라고 했던가? 황금 돼지에서 조금만 더 가다 보면 '샹린푸우취(香林服務區)'라는 휴게소가 출출해진 여행자들을 기다리고 있다. 다양한 종류의 음료와 간식이 많아 시간과 경비를 절약하려면 아리산역 근처 식당보다는 이곳에서 간단히 해결하는 것이 좋을 것 같다. 식당에서는 음식 주문과 요리에 시간이 걸리지만 이곳에서는 즉석요리처럼 바로바로 먹을 수 있다.

휴게소를 통과하면 거목군(巨木群)이 나온다. 거목 중에서 유명한 나무는 '홍회(紅檜) 나무'인 '향림신목(香林神木)'이다. 이 나무는 수령이 3천 년 이상이고 높이는 53m, 둘레는 23m였는데 벼락으로 시들고 폭우로 쓰러져 지금은 유적으로서의 역할을 하고 있다.

원래는 수령 3천 년 이상의 '홍회(紅檜) 나무'를 아리산 신목이라고 하였다. 본디 어마어마한 크기를 자랑했으나 일제강점기에 다수가 벌목되어 일본으로 반출되었으며 해방 후에는 정부와 민간에 의해 대량으로 베어졌다고 한다.

이런 연유로 현재 살아있는 '아리산 거목군 신목' 중 가장 오래된 나무의 수령은 1900년이라고 하며 천 년 이상 된 신목은 몇 그루 되지 않는다. 임업은 대부분 목재를 얻기 위한 사업이라 하여도 수천 년을 살아온 신령한 나무가 인간의 이익을 위해 대부분 베어졌다는 것이 아쉽기만 하나.

신목 가운데 수령이 천 년이 넘는 나무가 16개라고 하므로 아리산에서 3천 년 된 나무를 보려면 최소 1100년을 더 기다려야 한다. 과연 우리가 수령 3000년이 될 때까지 기다릴 수 있을까?

옛날 조상들은 힘든 겨울을 넘으면서 굶기를 밥 먹듯이 하더라도 종자(種子)로 쓸 곡식은 절대 손대지 않았다고 한다. 무엇이 되었건 지금 다 써버리는 것보다는 조금이라도 남겨놓는 지혜가 필요하다는 생각이 들었다.

▼ 거대한 신목(神木)

타이베이의 명소들

세계 5대 박물관, 국립고궁박물원

아리산 탐방을 마치고 왔던 길을 거슬러 타이난보다 1시간 가까운 거리에 있는 사이시(嘉義市)에서 숙박했다. 그리고 다음 날 고속철도를 이용하여 1시간 30분 거리에 있는 타이베이로 되돌아 왔다.

우선 첫날 묵었던 호텔에 체크인하고 오후 시간을 이용하여 세계 5대 박물관으로 알려진 국립고궁박물원에 가기로 했다. 대중교통을 이용하여 가는 방법은 그리 복잡하지 않았다. 지하철을 타고 스린(士林)역에서 내려 R30번 버스를 타고 가면 되었다.

일전에 유럽의 유명 미술관에 갔다가 전시된 작품을 이해할 수가 없어 휙 둘러보고 나온 무의미했던 경험이 있었다. 그래서 이번에는 현지 여행사를 수소문하여 네 시간짜리 해설사를 미리 섭외했다.

박물원에 있는 유물들은 국공내전(國共內戰)에서 패배한 장제스의 국민당 정부가 지금성에 있던 유물 29만 점을 비롯하여 전국 각지의 진귀한 유물 60만여 점을 대만으로 가져온 것이라고 한다. 중국의 값진 보물들이 모두 이곳에 있다고 해서 그런지 아니면 타이베이에서 세일의 명소라서 그런지 사진을 제대로 찍을 수 없을 만큼 관광객들로 붐볐다.

BC4300년 신석기 시대부터 1911년 공화정 시대까지 방대한 양의 국보급 유물들이 전시되고 있어 이것들을 다 보려면 하루도 모자랄 지경이다. 특히, 주나라 열두 왕의 이름과 국가 간 토지 분쟁 사건이 기록되어 있는 서주 시대 청동기 유물 산씨반(散氏盤), 주나라 선왕(기원전 782년)이 정사를 잘 돌본 '모공'이라는 신하에게 제례용 용기 '정(鼎)'을 하사한다는 내용이 기록되어 있는 청동 솥 '모공정(毛公鼎)'을 비롯한 최고의 국보급 유물들이 무수히 많다.

서주 시대 모공정

　그런데도 가이드가 관광객에게 공들여 소개하는 유물은 따로 있다. 아마도 손님들이 쉽게 흥미를 느끼고 신기해하기 때문일 것이다. 그 중 가장 많은 인기를 얻고 있는 유물은 청나라 시대에 만들어진 것으로 여치가 배추를 갉아먹는 모습을 옥에 조각한 취옥백채(翠玉白菜)와 동파육을 조각한 육형석(肉形石)이다. 이 두 유물은 워낙 인기가 많아 순회 전시를 자주 하는 까닭에 재수가 좋아야 실물을 감상할 수 있다고 한다. 사실 필자 또한 사진과 모형으로밖에 감상할 수 없었다.

치옥백체   육형석

그밖에 감탄할 만한 유물 중 하나는 청나라 말기에 제작된 '상아투화운룡문투구(象牙透花雲龍紋套球)'라는 건륭제의 노리개다. 상아를 깎아 공을 만들고 그 안을 파내 또 공을 만들기를 3대에 걸쳐 반복하여 모두 17개의 공을 만들었다. 이 공들은 모두 독립적으로 회전시킬 수 있다고 한다.

또한, 아주 작은 크기의 '코담배 병'도 상당한 관심을 받고 있다. 이 병은 엄지손가락 한두 마디 정도의 크기이며 대부분 그림이 그려져 있다. 도대체 이 그림을 왜 그렸을지 궁금하다. 크기가 얼마나 작은지 고배율의 돋보기를 통해 확대해야 무슨 그림인지 알 수 있을 정도다. 정상적인 크기의 풍경화와 비교해도 정밀도에 차이가 없다. 어떤 것은 유리병 내부에 그림을 그려 넣은 것도 있다. 어떻게 가능했는지 신기하기만 하다.

상아투화운룡문투구　　　　　　　　코담배 병(원은 확대한 그림)

　　이것 말고도 관람객들의 탄성을 자아내게 하는 것이 또 있으니 그
것은 폭 1.4cm, 길이 3.4cm, 높이 1.6cm의 올리브 씨앗에 8명이 배를
타고 유람하는 모습을 사실감 있게 조각한 작품이다. 청나라 황제들
은 왜 이처럼 맨눈으로는 형체를 알 수 없을 정도의 작은 작품들을 좋
아했을까? 도공들이 이것들을 만드느라 눈이 몇 개는 빠졌을 것 같다.
　　많은 것을 관람했어도 희한한 작품들 외에는 무엇을 봤는지 잘 생
각이 나지 않는다. 황제도 같은 마음이었을까? 특별한 지식이 없으면
봐도 뭐가 뭔지 잘 모르겠고 다른 사람에게 보여줘도 이해 못 하는 작
품보다는 누구나 보자마자 감탄사가 절로 나오는 신기한 작품에 더
호감이 갔을 것이다.

먹거리 천국, 스린 야시장
　　반나절 동안 서서 돌아다닌 탓인지 피곤함이 밀려와 지하 1층 의자
에 앉아 잠시 쉬었다가 버스를 탔다. '스린역' 앞에서 하차하여 '스린
야시장'에 가려는 것이다. 버스 노선은 간단했다. 박물원 하차 지점에

서 R30 버스를 타고 스린역 버스 탔던 장소 건너편에서 내리면 된다.

스린 야시장은 타이베이에서 가장 규모가 큰 야시장이라고 하는데, 보통 오후 6시에 장이 열리고 다음 날 새벽 3시에 파장한다. 그래서 저녁 시간에 맞추어 가야 뭔가를 구경하고 맛볼 수 있다.

스마트폰 지도에 도착지를 '스린 야시장'으로 입력하고 이동수단을 도보로 지정하니 내비게이션이 작동된다. 안내하는 대로 따라가다 가끔 제대로 가고 있는지 행인들에게 내비게이션이 안내하는 방향을 가리키며 "스린예스(士林夜市)?"라고 물어 확인했다.

10분 정도 걸었을까? 오가는 사람들이 많아지기 시작했다. 이미 시장 안으로 진입한 게 확실했다. 밀지 않은 거리에 해우십전갈비(海友十全排骨)라는 상호의 식당이 있다. 가까이 가서 보니 사람 몇이 줄을 서 있는데 점점 줄이 길어져 간다. 우리도 혹시 몰라 줄을 서 보았는데 지나는 사람들이 내 뒤로 계속 따라붙는다. 앞사람에게 왜 줄을 서 있느냐고 물었더니 자기도 줄이 있길래 그냥 섰다고 한다.

스린 야시장 해우십전갈비

나가는 사람에게 맛있느냐고 "하오츠마?" 하고 묻자 엄지손가락을 치켜세우며 정말 맛있다고 한다. 그 말을 들으니 안심이다. 내 뒤에는 줄이 엄청나게 길어졌다. 이곳은 대부분 처음 오는 관광객이 많아서 인지 줄이 있으면 무조건 줄을 서는 듯 보였다.

차츰 식당에 가까워져 주인과 말을 섞을 수 있게 되었다. "니하오!" 하고 중국어로 말을 걸자 외국인이라는 느낌을 받았는지 어느 나라 사람이냐고 묻는다. 한국에서 왔다며 여덟 명이라고 대답하자 비록 떨어져 있지만 두 개의 테이블을 확보하여 주는 호의를 베풀어 준다. 아마도 한국인이 식당에 찾아온 것은 흔하지 않은 일인 듯했다.

간신히 식당 안으로 들어갔는데 이곳 역시 인산인해다. 비록 자리에 앉았으나 주문해서 음식을 탁자 위에 놓도록 해야 먹을 수 있는 것이다. 그러나 말도 제대로 안 통하는 도떼기시장 같은 곳에서 새치기 안 당하고 빨리 '십전갈비'의 맛을 보고 나가려면 특별한 노력이 있어야 할 것 같았다.

나는 이 중요한 임무를 부여받고 식당 입구에 있는 주방 쪽으로 갔다. 그리고 아까 우리에게 호의를 베풀었던 남자 주인에게 "스첸파이꾸 빠거런!(십전갈비 여덟 명)"이라고 몇 번 주입시켰다. 주방을 담당하는 여주인은 너무 정신이 없어 보였다. 그녀에게 주문을 넣어봐야 소용없다는 것을 알았다. 모든 것이 남자의 지휘대로 움직였다.

나는 왔다 갔다 하는 그를 주시하며 눈이 마주칠 때마다 손가락 여덟 개를 펼쳐 보였다. 그럴 때마다 그는 "오케이" 하며 엄지와 검지를 둥글게 만들어 보여주었다. 그리고 얼마 지나지 않아 배식대에 갈비탕이 놓이고 있었다. 그가 내게 손가락으로 오케이 사인을 보내주었다. 그의 친절 덕분인지 생각보다 빨리 우리 음식이 준비된 것이다.

십전갈비탕

　종이 그릇에 담긴 갈비탕이 식탁에 올려졌다. 이름에 걸맞게 십전 대보탕 한약 맛이 진하게 우러난 돼지 갈비탕이다. 고궁박물원에서 물이나 음식 섭취가 허용되지 않아 시장했는지 간이 맞고 먹을만했 다. 간밤의 술로 깔깔해진 속을 푸는 데 제격이라는 생각이 들었다.

　전통시장이라 그런지 가격도 저렴하고 양도 적당해서 대만족이었 다. 역시 시장은 싸고 푸짐해서 좋다. 그런데 특별한 것이 하나 더 있 었다. 그것은 다름 아닌 선불을 요구하지 않았다는 점이다. 보통, 사람 으로 붐비거나 매장이 크면 어느 손님이 어느 손님인지 구별이 안 되 이 선불을 요구하는 경우가 많은데, 이처럼 도떼기시장 같은 곳에서 후불제로 한다는 것이 좀 특별했다. 모두가 그런지 아니면 한국인을 배려해서인지 알 수 없지만 저렴하게 한 끼 저녁 식사를 해결했다.

　갈비탕을 먹고 밖으로 나오니 아직 땅거미가 완전히 지지 않았는데 도 시장 골목이 손님으로 꽉 차 있었고, 새송이버섯 튀김을 비롯한 온 갖 식재료를 활용한 거리 음식이 넘쳐났다. 우리는 십전갈비탕 한 가 지로는 약간 부족하여 거리의 음식을 하나씩 맛보며 시장 골목을 걸 었다. 수많은 음식을 다 먹어볼 수는 없으므로 좀 특이하다 싶은 음식 위주로 몇 개 먹었더니 배가 불렀다.

스린 야시장

　시장에는 먹자골목만 있는 것이 아니었다. 공산품이나 액세서리를 파는 상인도 있었고, 야시장이므로 당연히 야바위판도 있었다. 시간만 많다면 이 골목 저 골목 다녀보면 좋겠지만 내일의 일정 때문에 그러지 못하는 게 아쉬웠다. 야시장은 이 정도 선에서 체험을 마치기로 했다. 그리고 제일 가까운 '지엔탄역'으로 빠져나와 지하철을 타고 숙소로 돌아왔다.

신기한 지질공원, 예류(野柳)

　다음날은 대만의 대표 관광지 예스진지(예류, 스펀, 진과스, 지우펀)를 여행하기로 했다. 모두 타이베이 인근에 있으므로 금방 돌아볼 수 있을 것 같지만 시간이 꽤 많이 걸린다. 하루에 다 보려면 대중교통으로는 불가능하고 전용차량이나 패키지를 이용해야 한다. 우리는 여덟 명이라 렌터카를 빌려도 1인당 비용이 그렇게 많이 들지 않아 전용차량을 이용하기로 했다.

　이른 아침이라 도로는 한산했다. 타이베이에서 1시간 정도 이동하여 예류 지질공원에 도착할 수 있었다. 입장료를 내고 안쪽으로 들어가 해변을 따라 걸어가니 멀리 바람과 파도에 침식된 갖가지 모양의 바위가 우리를 반긴다.

벌집, 버섯, 촛대, 두부, 신발, 아이스크림, 코끼리, 땅콩, 낙타, 돼지발, 사자머리, 용머리, 고릴라, 여왕머리 등 신기한 형상의 바위가 즐비하다. 가장 인기가 많은 바위는 왕관을 쓴 '여왕머리'인데, 계속되는 풍화작용으로 목 부분이 점점 가늘어지고 있어 부러지기 전에 빨리 와서 구경해야 한다고 했다. 아마도 사람들의 조바심을 자극하여 관광객을 유치하려는 전략이 아닌가 싶다

여왕머리 바위

예류 지질공원에서 세일의 넝쿨인 여왕머리 바위에 누군가 해를 입힐 우려도 있을 텐데 보호 철책이 없었다. 다만 작은 돌을 실선처럼 연

결하여 울타리를 표시해 놓았을 뿐이었다. 다른 바위에는 아무런 경계 표시도 없었다. 최대한 자연 그대로 관람할 수 있도록 하려는 배려가 인상적이었다. 이곳 사람들이 질서를 잘 지키기 때문에 가능한 게 아닌가 싶다.

하루의 시간이 더 있었으면 좋겠다는 생각이 들었다. 짙푸른 바다를 배경으로 서 있는 온갖 모양의 바위들을 보면서 하나하나 의미를 부여하고 내 나름대로 이름을 지어주고 싶었다. 하지만 나머지 세 곳의 명소를 하루 동안 다 둘러보아야 한다는 조바심이 여행의 여유를 방해하고 있었다.

다음에 다시 기회가 주어져 여행을 오게 된다면 반드시 많은 시간을 가지고 오리라 다짐했다. 짧은 시간에 많이 보려고 노력하기보다는 좀 더 시간적 여유를 가지고 즐기는 여행을 하고 싶다는 생각이 들었다.

예류 지질공원

천둥 날리는 스펀(十分)

예류 관람을 마치고 스펀으로 향했다. 이곳은 신베이시 핑시구(新北市 平溪區)에 있는 작은 마을이다. 원래는 차(茶)를 재배하던 지역이었는데 신베이 지역에 석탄이 발견되면서 차밭은 점점 사라지고 광산 지역으로 변화되었다고 한다. 여기서 생산된 석탄을 운반하기 위한 역이 광산 지역 곳곳에 만들어졌으며 그중 하나가 '스펀역'이다.

석탄을 캐고 수송하기 위해서는 많은 인부가 필요해 사람들이 모여들었다. 인구 증가에 따라 식당, 상점, 술집 등도 필요했다. 그래서 역과 철로를 중심으로 건물이 생겨났고 유동 인구가 많아지면서 점점 번화해졌다.

그런데 대량 채굴로 석탄이 점점 고갈되어 가면서 광산 기능이 약해져 갔다. 그 결과 많은 사람이 떠났고 역 주변은 쇠퇴하였다. 하지만 인제부터인가 스펀은 근대 건축물 사이를 관통하는 철로가 옛 향수를 불러일으키면서 많은 관광객이 찾아오게 되었으며, 지금은 대만의 대표 관광지 중 하나가 되었다.

관광지 조성을 위해 거액을 투자하지도 않았다. 석탄 고갈로 인적이 사라져 공동화된 덕분에 옛날 모습 그대로 간직할 수 있었고 그것이 관심을 받았다. 그리고 거기에 천등(天燈)이라는 이야기가 더해져 멋진 관광지로 재탄생했다.

관광객들은 주로 철길 양옆으로 밀집된 상가 앞 거리를 오가고 있고 철길이 보이지 않는 골목길에는 사람이 별로 없었다. 스펀의 관광 포인트는 철로에 있을 거라는 생각이 들었다. 실제로 그 사실을 입증해 주듯이 사람들이 철로에 올라 기념사진을 찍고 있었다.

철로 주변 상가에는 천등(天燈), 식료품, 기념품 등을 파는 다양한 가게와 식당이 모여있었다. 이곳에서 관광객들이 한 번쯤 꼭 해보고 싶어 하는 것은 천등에 소원을 적어 철로 위에서 하늘 높이 날리는 것이었다.

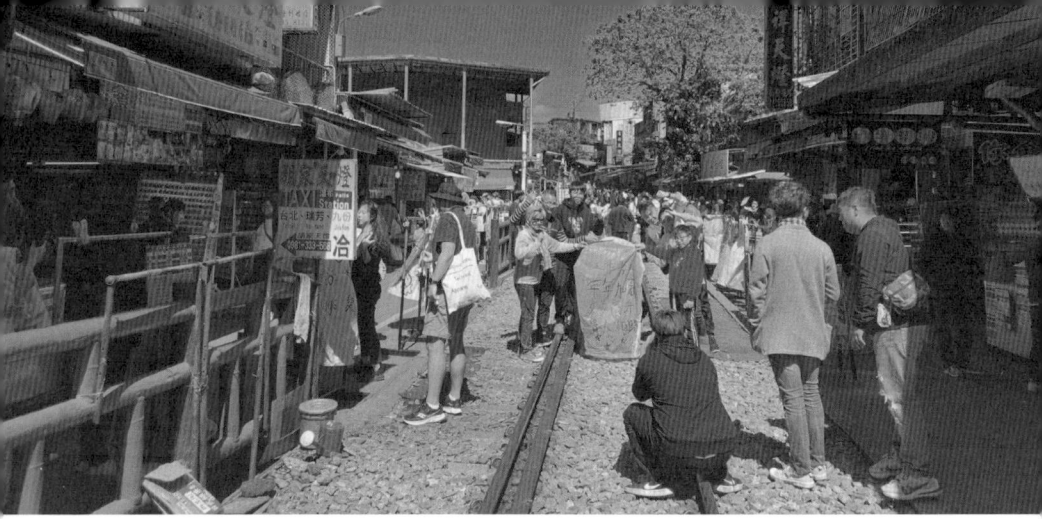

스펀 옛거리(十分老街)

천등은 대나무 살로 만든 뼈대에 종이를 붙여 풍선처럼 만들어져 있으며 풍선 아래쪽의 주둥이에는 기름종이 뭉치를 꿴 철사가 매달려 있다. 바로 이 기름종이에 불을 붙이면 안쪽으로 연소가스가 주입되고 풍선이 가벼워져 열기구처럼 하늘로 떠오르면서 바람의 방향으로 날아가게 되는 것이다.

천등은 보통 네 개의 면이 있고 면마다 인간이 바라는 행운의 상징 색이 칠해져 있다. 그중 빨간색은 건강과 평안, 분홍색은 행복, 노란색은 재물, 파란색은 사업, 보라색은 시험, 주황색은 사랑, 녹색은 성공의 의미가 있다고 한다.

스펀에는 그 수요에 걸맞게 여러 가게에서 상징색을 조합한 천등을 팔고 있다. 예를 들어 손님이 건강, 행복, 재물, 사업에 대한 소원을 기원하고 싶다면 빨간색, 분홍색, 노란색, 파란색으로 한 면씩 세팅된 천등을 사면 된다. 그리고 가게 앞에 무슨 색깔이 어떤 소원을 상징하는지도 친절하게 게시되어 있어 원하는 색상을 고를 수도 있다.

가게에 들어가 본인의 소원에 맞는 색상을 선택하면 주인이 걸이대에 걸어놓고 붓과 먹을 준다. 그러면 손님은 상징색에 해당하는 소원을 4개 면에 각각 적으면 되는 것이다.

천등 날리기

소원을 다 적으면 주인이 그것을 들고 철로 위로 손님을 안내한다. 그리고 손님에게 천등을 들고 갖가지 포즈를 취하도록 하면서 사진을 계속 찍어주다가 어느 정도 되었다 싶으면 천등 안에 매달아 놓은 기름종이 뭉치에 불을 붙이고 날리도록 한 후 동영상도 촬영해 주는 친절을 베풀어 준다.

많은 관광객이 오고 가는 스펀역 주변의 철로에는 소원을 적은 천등을 사이에 두고 사진을 찍는 광경을 볼 수 있고, 하늘에는 끊임없이 천등이 두리둥실 떠 간다.

하늘로 올라간 천등은 500m쯤 날아가다 종이가 모두 타면 땅에 떨어지게 되는데, 이때 대나무 살을 수거하여 가게에 되파는 사람들이 있다며, 천등 잔해로 인한 환경 오염은 거의 없다고 한다.

잠시 후 가게 주인이 소원을 가득 적은 천등에 불을 붙였다. 그리고 우리가 '하나둘셋'을 신호로 잡았던 손을 놓자 빠른 속도로 띠올라 밀어져 갔다. 나는 천등이 사라질 때까지 바라보면서 신중히 적었던 소원이니만큼 꼭 이루어졌으면 좋겠다고 기원했다.

천등을 날리고 난 후, 철길을 벗어나기 위해 발길을 돌리자 가게 앞에서 기다리던 사람들이 다가왔다. 우리가 즐거웠던 시간이 그들에게는 지루한 시간이었을지, 아니면 천등을 어떻게 날리는지 학습의 시간이었을지 궁금했다. 다만, 지금은 빨리 자리를 비워줘야 한다는 생각이 들었다.

우리가 철길을 벗어나자, 갑자기 호루라기 소리가 들렸다. 소리 나는 쪽을 보니 사람들이 황급히 철로에서 벗어나고 있었다. 그리고 멀리서 기차가 다가와 스펀역에 정차했다. 내리고 타는 사람들…. 한동안 자리바꿈이 일어나고 그렇게 기차는 어디론가 떠나갔다.

기차가 운행되고 있는 철로

점심때가 지나 간단하게 식사하기로 했다. 그래도 이왕 먹는 거 유명한 음식을 먹으려고 찾아보니 '닭날개 볶음밥(지츠빠오판, 鷄翅包飯)'이라는 가게가 눈에 들어왔다. 이 음식은 닭날개 속의 뼈를 제거하고 그 안에 볶음밥을 넣은 것이다. 아마 순대 사촌쯤 되는 것 같다.

닭날개 볶음밥

　　1인당 지츠빠오판 1개씩을 대만 맥주와 함께 샀다. 그리고 좁은 공간에 놓인 원탁에 둘러앉아 밥 삼아 안주 삼아 맥주와 함께 먹었다. 닭날개와 볶음밥은 익숙한 맛이라 거부감 없이 맛있게 먹을 수 있었다. 아마도 밥때를 놓쳐 배가 출출했던 것도 한몫했을 것이다.

　　정말 간단하게 허기를 면했다. 이제 또다시 뭐 맛있는 것이 없을까 하고 특이한 가게를 찾아 나섰다. 스펀의 규모가 그리 크지 않았으므로 무작정 걷지 않아도 되었다. 짧은 철로 양옆 좁은 공간에 다양한 식당과 가게가 오밀조밀하게 모여있기 때문이다.

　　역 쪽으로 다가가자 한 가게 앞에 사람들이 줄을 서고 있는 광경이 보였다. 자세히 보니 '땅콩 아이스크림' 가게였다. 손칼국수를 만들 듯 반죽을 평평하게 펴서 만든 전병 위에 땅콩엿 가루와 아이스크림을 넣고 돌돌 말아서 손님에게 건넨다. 그 속도가 어찌나 빠른지 사람인지 기계인지 구분이 안 될 정도다.

땅콩 아이스크림 가게

전병의 탄수화물과 땅콩의 단백질, 그리고 아이스크림의 유지방이 적절히 배합된 영양 간식이다. 나도 가게 앞에 서서 돈을 흔들어 대며 여덟 개를 외쳤다. 손님들이 조금 무질서하게 서서 주문하지만, 주인은 이미 순서를 알고 있다는 듯이 자기 방식대로 돈을 받고 아이스크림을 건넸다.

간신히 아이스크림을 사서 일행들에게 하나씩 건네고 비로소 나도 입에 넣을 수 있었다. 쫄깃한 전병의 식감과 시원하고 달착지근한 아이스크림의 맛, 그리고 고소한 땅콩의 맛이 한데 어울려 뇌에 신호를 보내주었다. 정말 맛있다고….

진과스의 황금박물관

이것으로 스펀에서의 일정을 대충 마무리했다. 이번에는 '예스진지'의 마지막 코스인 지우펀으로 가는 도중에 잠시 '진과스'를 경유할 것이다. 진과스는 일제강점기에 금이 발견된 광산 지역으로 스펀처럼 마을이 형성되어 번화했으나 이곳 역시 금이 고갈됨에 따라 쇠퇴하였다고 한다.

▼ 황금폭포

차를 타고 해안도로를 달리다가 산악지대로 올라가는데 중턱에 폭포가 있다. '황금폭포'라고 한다. 광산에서 흘러나온 광물질의 영향인지 바위와 흙이 황색 계통의 색을 띠고 있어 '황금폭포'라는 이름을 얻었을 것으로 추측된다.

먼저 도착해 있던 관광객들은 사진을 찍고 어딘가로 떠나갔다. 이곳은 이렇게 거쳐 가는 양념 같은 곳이었다. 우리도 사진 몇 장 찍고 다시 차를 탔다. 그리고 얼마 안 가 고지대의 작은 주차장에 도착했다. 진과스에 도착한 것이다.

차에서 내려 절벽의 잔도처럼 수평으로 이어진 좁은 길을 따라 몇 분 걸어가니 경사진 아래쪽에 여러 건물이 있었다. 그리고 길 바로 아래에 대형 관우상이 보였는데 '콴지당(勸濟堂)'이라고 하는 도교 사원이었다. 약간 궁금했지만 그냥 지나치기로 했다. 황금박물관이 우선이었기 때문이다.

진과스와 황금박물관

경사가 심한 산비탈에 형성된 마을이지만 많은 건물이 있었다. 금 채굴량이 많았던 시기에는 꽤 번화했음을 보여주고 있는 듯했다. 일제강점기에 개발된 금광이라는 것을 말해주듯이 박물관 앞에 일본의 신사(神社)를 가리키는 이정표가 있었고, 곳곳에 일본식 목조 건물이 있었다.

박물관 내부에 당시의 금광을 재현한 모형과 광부의 생활상, 광석 등과 함께 220kg의 황금이 전시되어 있었다. 이 황금을 만지면 재물복이 온다고 하며 한참 줄을 서야 겨우 만지며 사진을 찍을 수 있었다. 그리고 진과스 거리에는 옛 광부들이 먹던 '광부 도시락'을 파는 식당들이 있었다. 간판에 한국어가 있을 정도로 꽤 인기가 있다고 한다.

금광 마을, 지우펀

진과스에서 그리 멀지 않은 곳에 '지우펀(九份)'이라는 마을이 있다. 옛날 아홉 가구가 살고 있는 외딴 마을이 있었는데 어느 한 사람이 도회지에 내려와 물건을 사면 항상 아홉 개로 나누어 가져갔다고 하여 구분(九份) 즉, '지우펀'이라는 지명이 유래되었다.

이처럼 지우펀은 작은 산골이었지만 청나라 말기에 많은 양의 금이 발견되면서 사람이 모이기 시작했고, 일제강점기에 대대적으로 채굴이 이루어져 크게 번성했다. 그러나 점차 금이 고갈되어 가면서 인근의 다른 지역처럼 사람들이 떠나고 쇠퇴의 길로 접어들었다.

그리고 1971년 폐광으로 사람들이 빠져나가면서 유령도시처럼 방치되었는데 그 덕분에 근대역사를 배경으로 제작된 〈비정성시〉라는 영화의 촬영지로 선택되었다. 이 영화는 1947년에 있었던 중국 본토에서 건너온 사람들(외성인)과 대만 원주민들(본성인) 간의 갈등을 다룬 영화로, 1989년에 개봉하여 크게 흥행하였다.

그 결과 많은 사람이 호기심에 이곳을 찾게 되었고 2001년에는 일본의 만화영화 〈센과 치히로의 행방불명〉에 나오는 지역이 지우펀이라는 소문에 많은 일본인의 방문이 이어지면서 대만의 대표 관광지로 자리매김하게 되었다고 한다.

지우펀은 가파른 지형에 건물이 빽빽하게 밀집된 지역이었다. 마을에는 긴 골목 상가가 양옆으로 즐비하게 형성되어 있었으며, 갖가지음식, 차, 기념품을 진열해 놓고 손님들을 기다리고 있었다. 가도 가도끝이 없을 것 같은 골목길에는 관광객들로 가득했다.

지우펀 상가

사람들은 어딘가 그들만의 목적지를 향해 걷고 있는 것일까? 골목에는 인파로 북적이지만 가게 안에는 아직 손님이 들지 않은 것을 보면 그럴지도 모른다는 생각이 들었다. 우리 또한 인터넷을 검색하여찾아낸 유명한 찻집을 향해 걷고 있으니 말이다.

아무 곳에나 들어가 식사하고 난 다음에는 맛이 없다고 다른 식당에서 더 먹을 수는 없을 것이다. 사람은 저마다의 먹을 수 있는 용량이 한정되어 있기 때문이다. 그래서 여행지에서 단 한 번뿐인 식사를 위해 이렇게 소개받은 목적지를 향해 가고 있는 것이리라. 우리가 그런 것처럼….

그런데 인생이란 것이 처음 마음먹은 대로 되지는 않는가 보다. 가면서 이런저런 얘기를 듣게 되고 또 다양한 찻집도 보게 되어 생각이 이리저리 흔들린다. 그래서 결국에는 가기로 했던 곳보다 더 좋다는 집으로 들어갔다.

차방(찻집)으로 가는 길

차방(찻집) 입구

처음 오는 사람들은 이 찻집을 찾아오기가 쉽지 않을 것 같다. 계단 길을 내려가다가 전혀 찻집 같지 않은 개구멍이라고 표현해야 좋을 정도의 좁은 입구에 들어서면 한 사람이 겨우 지나갈 크기의 작은 터널이 있는데, 이곳을 긴가민가하며 빠져나오자 작은 나무 사이로 여전히 좁은 길이 이어져 있고, 이 길의 끝에 비로소 찻집 간판과 현관이 있다.

주인의 특별 배려로 전망 좋은 2층의 넓은 테이블로 안내되었다. 아직은 해가 지지 않은 까닭에 창밖의 풍경이 한눈에 들어왔다. 눈앞에 바다가 있고 옆에는 지리산 봉우리에서 보았던 것처럼 수많은 능선 물결이 끝없이 펼쳐져 있었다. 그리고 아래쪽으로 산 중턱 달동네와 흡사한 마을이 가파르게 형성되어 있었다.

한 뼘의 땅도 양보할 수 없다는 듯이 다닥다닥 붙어있는 건물들…. 이처럼 건축자재를 운반할 수렛길은커녕 출입구조차 없을 것 같은 좁은 땅에 2층 건물을 지었다는 사실이 불가사의하다는 느낌이 들었다.

그런데 아래쪽에 처음 가고자 했던 찻집이 보였다. 여러 블로그에 소개될 정도로 유명하다고 들었는데 그래서인지 손님들은 테라스 덕지 앞에 앉아 인생사진을 찍으면서 차를 마시고 있었다. 순간 부럽다는 생각이 들었다.

지우펀 마을

애초에 가기로 했던 찻집이 아닌 다른 집으로 오게 된 것이 약간 후회되었다. 이곳에서도 대만 전통 방식의 차를 마실 수 있었다. 그에 더하여 식사도 할 수 있을 뿐 아니라 아랫집보다 고지대에 위치하여 조망도 훨씬 좋았다. 그럼에도 다른 사람들이 추천하여 유명해진 바로 그 찻집에서 차를 마시고 식사했으면 좋았을 걸 하는 생각이 들었다.

왜 이런 아쉬움이 남는 것일까? 이곳도 고풍스럽고 운치가 있는데도 말이다. 그것은 아마도 아직 그곳에 가보지 않아 얼마나 분위기가 좋은 찻집인지 체험하지 못한 것도 하나의 이유가 될 수 있을 것이다. 또한, 혹시 여기보다 더 좋을 것 같다는 의심과 많이 알려진 찻집에서의 사진 한 장이 더 필요한 것인지도 모른다.

어느덧 저녁 식사까지 마쳤고 찻집 안팎의 풍경도 익숙해졌다. 이제 가야 할 시간이 온 것이다. 좀 더 지우펀의 옛 거리를 다니며 낭만을 즐겨야 하지만 가야 할 길이 멀다. 대만에서의 마지막 밤을 베이터우(北投) 온천에서 보내야 하기 때문이다.

밤이 깊어지면 수많은 인파가 지우펀을 떠날 것이고 그렇게 되면 교통 혼잡이 뻔한 일이기 때문에 서둘러 자리에서 일어났다. 밖에는 이미 땅거미가 내리고 있었고 주 상가로 이어진 계단 길 처마 밑으로 홍등이 주렁주렁 매달려 가로등의 역할을 하고 있었다.

▼ 지우펀 홍등가

상가가 아닌 골목길은 인파가 적었는데 땅거미가 내리고 홍등이 켜지면서 올라가고 내려가는 양방향으로 사람들이 긴 줄을 서 있는 것 같은 광경이 펼쳐져 있었다. 길에서 사진을 찍는 사람들 때문이었다. 우리도 골목 홍등을 배경으로 사진을 찍었으므로 그 정체가 당연하다고 받아들였다.

힘겹게 골목길과 상가를 빠져나왔다. 벌써 가파른 언덕의 도로에는 지우편에서 나가려는 자동차들로 정신이 없었다. 몇 평 안 되는 자투리땅에 조성된 유료 주차장에서 차를 빼내려면 나중에 들어온 차를 주차장 밖 도로로 빼야 했다. 이런 차량들이 뒤엉켜 진땀을 흘리고 나서야 가까스로 차에 몸을 실을 수 있었다.

온천 마을, 베이터우

조금 늦은 시각에 타이베이 교외에 있는 베이터우 온천호텔에 도착했다. 숙박료가 다른 곳에 비해 조금 비쌌지만 마지막 날 여행의 피로를 풀고 대만의 온천도 체험하고자 이곳을 마지막 숙박지로 정했다.

▼ 온천호텔 객실 욕조

온천호텔답게 욕실에는 대중탕 형태의 비교적 넓은 욕조가 있었다. 온천수 토출구 또한 대중탕의 그것과 비슷했다. 물을 채우기 위해 밸브를 돌리자 뜨거운 온천수가 쏟아져 나왔다. 유황의 향이 욕실에 가득 퍼지고 탕 속에 맡긴 몸에 아늑한 기운이 감돌았다. 이렇게 대만에서의 마지막 밤을 온천에 몸을 담그며 보냈다.

그리고 다음 날, 여행의 마지막 하루가 밝아왔다. 비행기 탑승 시간은 오후 4시경이므로 오전 시간을 이용하여 '지열곡'을 관람하기로 했다. 그런데 문이 닫혀있다. 밀어 보니 '삐끄덕' 소리를 내며 열린다. 들어가도 될지 내부를 살피는데 종업원이 다가와 매주 월요일은 휴관이라며 내일 오라고 한다. 혹시나 해서 오늘 한국에 가는 비행기를 타야 한다며 잠깐 둘러보고 가게 해달라고 부탁했다.

결과는 "안 된다"는 대답이 돌아왔다. 휴관을 이용하여 내부 공사 중이라는 이유였다. 대신 길 건너 산책길로 올라가면 지열곡 온천수가 보인다고 안내해 주었다. 달리 방법이 없어 알려준 대로 가보니 작지 않은 연못에 뜨거운 물이 용출되는 듯 수증기가 거세게 피어오르고 있었다. 그래도 여기까지 와서 그냥 가는 것보다는 이거라도 보게 되어 다행이라는 생각이 들었다.

▼ 지열곡 온천수

둘 중 하나를 선택해야 할 때는 항상 선택하지 못한 것에 대한 아쉬움이 남았다. 아마도 그것은 선택한 것에 대한 만족도가 기대했던 것보다 낮아서일지도 모른다. 그래서 미련을 갖게 되는 것이리라.

지열곡을 관람하고

그러나 지열곡은 문을 안 열었으므로 선택의 여지가 없었다. 반대편 산책길에서 보는 것 말고는 더 이상 방법이 없었다. 그것만으로도 감사하다는 생각이 들었다.

올림픽 경기 결승진에서 패해 은메달을 받으면 분한 마음이 들지만 3~4위 결정전에서 승리하고 간신히 동메달을 받으면 행복한 마음이 든다고 한다. 우리도 지열곡을 간신히 보아서일까? 5박 6일의 여행을 마치고 귀국길에 오르는 발걸음이 솜털처럼 가벼웠다.

두 번째 타이베이 여행

또다시 여행을 꿈꾸다

첫 대만 여행을 다녀와서 한 번 더 가보고 싶다는 생각이 들었다. 대만은 작아서 단 며칠이면 돌아볼 수 있으리라고 생각하는 사람이 많지만 실제로 가보면 골목골목이 모두 다르고 저마다 특성이 있으므로 여행에 걸리는 시간이 길다. 그래서 한 번의 여행으로 대만을 다 알 수는 없다.

대만은 웅장한 대자연의 풍광도 거대한 역사 유적도 그리 많지 않다. 그럼에도 여행자들로 붐빈다. 골목의 작은 노점 앞에도 사람들이 긴 줄을 설 정도로 역동적이다. 오래되어 낡은 목조 건물 한 귀퉁이에 문을 연 카페에서 커피 한잔 마시려면 긴 줄을 서야 할 수도 있다.

버스를 타기 위해 타이베이의 승강장에서 한 젊은 여성에게 버스요금이 얼마인지를 물어본 적이 있다. 그런데 그녀가 우리말로 한국 사람이냐고 묻는다. 그렇다고 하니까 버스요금을 내주겠다며 친절을 베풀어 준다. 그녀는 이번이 12번째 타이베이 여행이라고 한다.

달리는 버스 안에서 나에게, 그리고 다른 여행자에게 이런저런 대만 여행의 경험을 들려준다. 자주 와봐서 그런지 머리에서 기억을 떠올리기도 전에 입에서 말이 줄줄 나오는 것 같다. 저 정도로 와봤으면

싫증이 날 법도 한데 전혀 그런 기색이 없다. 무엇이 그녀를 대만으로 이끄는 것일까?

아마도 올 때마다 무언가 새로운 걸 보았을 것이다. 그리고 그것에서 영감을 받아 일상을 다시 이어나갈 힘을 얻었을지도 모른다. 아니면 다람쥐 쳇바퀴 위에서처럼 단조롭고 무기력한 일상에서 벗어나 수많은 여행자 속에서 자신감에 넘쳐 움직이는 또 다른 자신을 발견했기 때문은 아닐까?

내가 설계한 시간과 공간에 내가 상상했던 건축물이 서 있다. 그 안에 세팅된 멋진 집기들…. 사람들은 조연과 엑스트라를 맡아 탁자 잎에 앉아 식사하거나 차를 마시며 담소를 나누고 있다. 그리고 바로 그때 내가 카페 문을 열고 나타나 종업원을 부르고 메뉴판을 건네받아 우아하게 펼친다.

정해진 규정만 지킨다면 대개는 내가 의도한 대로 이루어진다. 때로는 날씨와 같이 통제하지 못하는 상황도 펼쳐지지만 모두 해피엔딩이다. 여행은 그렇게 나를 주인공으로 만들어 준다. 그래서 나는 또다시 여행을 꿈꾼다.

대만 여행을 다녀온 지 1년 만이다. 여행 기간을 9일로 정했다. 그리고 지난번 못 가봤던 여러 명소와 가봤더라도 아쉬움이 있었던 곳을 한 번 더 가보기로 했다. 대만은 이미 다녀왔으므로 현지 사정에 대한 정보를 알아볼 필요도 없었다. 여행계획을 어렵지 않게 세웠다.

* * *

2월 24일 김포발 송산행 여객기에 몸을 실었다. 이번에는 비행기에 탑승한 다음 입국신고서를 언제 나누어 줄지 긴장을 늦추지 않았다. 지난번 비행기에 탑승하자마자 잠을 청했기 때문에 입국신고서를 받지 못했었다. 그래서 공항에서 입국심사를 거부당했었고 입국신고서 작성을 위해 다시 맨 뒷줄로 갔던 기억이 생생하다.

비행기가 이륙하고 적정 고도에서 수평을 유지하자 승무원이 입국신고서를 들고 승객들 눈치를 살피며 다가오고 있었다. 나는 지난번 상황이 반복되지 않도록 정신을 바짝 차리고 기다렸다. 그리고 승무원이 가까이 오자 바로 손을 번쩍 들어 일행들까지 포함하여 6장을 요구했다.

입국신고서를 작성할 때 항상 헤매는 것이 있다. 그것은 바로 대만에서의 주소를 적을 때다. 미리 첫 번째 묵을 호텔 이름을 단톡방에 올렸었다. 그래서인지 일행 중 누구도 대만 주소란을 어떻게 채울지 물어오지 않았다.

입국신고서를 작성하여 여권 속에 넣는데 기내식이 나왔다. 포도주 한 잔과 곁들여 먹고 눈을 감았다 떠보니 멀리 타이베이 송산공항이 아른거린다.

지우펀으로 가는 길

'송산공항'은 우리나라 김포공항과 같은 역할을 하는 공항이다. 규모가 크지 않아서 입국 수속을 마치고 밖으로 나오는 데는 그리 오랜 시간이 걸리지 않았다. 오후 3시 30분, 타이베이 날씨는 구름이 짙게 낀 흐린 날씨였다. 그래서인지 쌀쌀한 늦가을 같아 한국에서 입고 왔던 옷을 그대로 입었다.

입국심사대를 통과한 뒤에 먼저 렌터카 기사에게 연락했다. 처음에는 대중교통을 이용하려고 했으나 문제는 시간이었다. 전용차로 50분이면 갈 수 있는 거리를 노선버스로는 대기 시간을 합하면 세 시간이 넘게 걸릴지도 모른다. 이래서는 당일 저녁 시간 동안 지우펀을 둘러보려는 계획에 차질이 생길 수밖에 없다.

모바일 메신저인 '라인'으로 기사와 만남의 장소를 정해서 쉽게 만났다. 그런데 대만 입국 며칠 전쯤 대만관광청에 신청한 20만 원의 여행 지원금 추첨을 하지 않고 밖으로 나와버렸다. 그래서 기사에게 상황을 설명하고 다시 들어가 추첨을 했지만 불행하게도 6명이 모두 '꽝'이었다. 공연히 시간을 허비하고 기분만 상한 채 돌아서야 했다.

아무런 소득 없이 겸연쩍게 9인승 차량에 올라 지우펀으로 향했다. 타이베이는 며칠간 흐린 날씨가 이어졌다는데 비는 내리지 않았다고 한다. 기사는 비가 올 가능성도 없을 것이라고 단언해서 말했다. 그러나 도로변 빌딩이 점차 사라지고 오르막길이 이어지자 안개가 자욱해지더니 차창에 빗방울이 맺히기 시작했다.

대만 당국에서 여행 지원금을 준다고 해서 인터넷을 통해 개인정보를 입력하며 신청하는데 많은 시간을 투자했었다. 하지만 여섯 명 모두 꽝이라는 비운을 맛보았다. 더군다나 첫날부터 비가 내리기 시작하니 이번 여행은 좀 불길하다는 생각이 들었다.

구불구불 이어진 가파른 도로 때문에 멀미 기운이 생길 때쯤 멀리 비탈진 곳에 건물이 보이기 시작했다. 거의 다 온 것이다. 쏟아지는 비로 숙소를 스스로 찾아가기에는 무리가 따를 것 같아서 민박 전화번호를 기사에게 주며 주인에게 마중 와달라는 부탁을 하게 했다.

주인과 통화한 기사는 길을 잘못 들었는지 차를 돌려 오던 길로 내려가며 계속 통화했다. 그리고 작은 샛길을 따라 산속 비탈길로 들어

갔다. 그런데 길이 점점 좁아지더니 어느 지점에 다다르자 마주 오는 차를 한 대 만났다. 서로 비킬 수 없다고 버티다가 안 되겠는지 우리 차가 내리막길로 후진하기 시작했다.

기사가 긴장하며 후진에 후진을 거듭하다 작은 공간을 발견하고 그곳으로 차를 대기 위해 운전대를 돌려 들어가는 순간 '우지직' 하는 소리가 들렸다. 기사의 입에서 "아이고!" 하는 소리가 절로 흘러나왔다. 얼굴색이 변한 채로 핸들을 이리저리 돌린 끝에 간신히 작은 틈을 더 비집고 들어가 겨우 마주 오는 차를 지나가게 할 수 있었다.

차가 망가져 오늘 일당은 다 날아갔겠다고 생각하니 우리가 죄인이 된 것 같은 기분이 들었다. 불길한 예감이 현실이 되는듯했다. "아이야! 전머빤?(아이고~ 어떡한데유?)" 하며 걱정하자 괜찮다고는 하는데 표정은 어두웠다.

마주 오던 차를 보내자 우리 차가 다시 움직이기 시작했다. 그런데 앞에 작은 터널이 나타났다. 갈 수도 있을 것 같은데 기사가 겁을 먹었는지 더 이상 못 들어간다며 우리를 내리게 하고 차를 돌려 가버렸다.

할 수 없이 걸어서 터널을 지나 주인이 알려주는 방향으로 갔다. 그리고 가방을 끌고 한참을 헤맨 끝에 우산 속에서 스마트폰을 열심히 보고 있는 학생 한 명을 발견했다. 그녀는 우리가 손님임을 확인하자 따라오라며 성큼성큼 비탈이 심한 계단 길로 앞서 올라갔다.

우리가 끌고 온 여행용 가방의 무게를 실감하는 순간이었다. 도저히 터널을 통과할 수 없다고 하였음에도 좁은 골목길에는 크고 작은 차들이 주차되어 있었다. 이들 차는 어떻게 이곳까지 왔을까? 아마도 그 터널을 통해서 왔을 것이다. 기사가 너무 겁을 먹은 것은 아닌지 하는 생각이 들었다.

▲　지우펀 숙소 가는 길

　비가 내려 한 손엔 우산을, 또 한 손엔 가방을 들고 한발 한발 계단을 올랐다. 한 손으로 가방을 들어 올리려니 쉽지 않았다. 겨우 몇 발을 이동하여 계단 위에 가방을 놓고 숨돌리기를 반복하고 나서야 가까스로 숙소에 도착할 수 있었다.

　인터넷 사이트에 가파른 계단에 관한 사정은 올려놓지 않고 그럴싸한 사진과 호평만 가득했다. 이러한 설명은 숙소에 대한 기대를 한껏 부풀려 놓았었다. 그렇지만 비교적 깔끔한 위생 상태와 집처럼 아늑한 분위기는 그나마 위안이 되었다.

지우펀 옛 거리(老街)

　숙소는 가정집을 민박에 맞도록 약간 개조한 것 같았다. 더블 침대가 2개인 4인실, 더블 침대가 1개인 2인실, 그리고 작은 요 2개가 제공되는 2인실이 2층에 있었고, 1층에는 주인 방과 작은 거실, 그리고 간단한 조리를 할 수 있는 주방 공간이 있었다.

주인이 거실에서 숙소 사용과 관련하여 간략하게 설명하고 자신의 방으로 들어갔다. 우리도 지우펀을 둘러보려면 시간이 필요했으므로 서둘러 짐을 방에 놓고 밖으로 나왔다. 비가 계속 내리고 있었으나 지우펀에서의 시간은 지금밖에 없으므로 서둘러 옛 거리를 찾아 나선 것이다.

숙소에서 노가(老街)라고 부르는 옛 거리를 찾아가기는 그렇게 쉽지만은 않았다. 주인이 계단을 내려가 우회전하여 계속 가라고 알려주었음에도 그 말에 확신이 서지 않았기 때문이다. 그래서 다가오는 사람마다 붙들고 물어보아도 하나같이 직진하면 된다고 대답했다.

낯선 곳에 와서 그런 것인지 방향감각이 많이 무디어졌다. 더군다나 들었던 말도 제대로 들었는지 가물가물하다. 그러나 한 사람도 아니고 여러 사람이 그 방향이 맞다고 하니 맞는 것이리라. 내 생각이 틀릴 수도 있다는 것을 깨닫는 순간 여행에서 길을 잘못 들 우려는 줄어들 것이다.

▼ 지우펀 옛 거리(老街)

우산으로 빗방울을 피하며 가는데 어느 지점에서부터인가 홍등이 띄엄띄엄 처마 밑에 걸려있고 차양이 하늘을 가리고 있다. 우리는 이미 옛 거리에 들어가 있었다.

홍등이 켜져있다는 사실은 상업시설임을 뜻하는 것이었다. 맨 처음 민박집이 있었고 차(茶)방이 있었다. 그리고 다닥다닥 붙어있는 건물들…. 한 뼘의 공터도 찾아볼 수 없을 정도로 밀집도가 높았다.

좁은 골목길에 찻집, 음식점, 과자가게 등 다양한 상점들이 끝이 없을 것처럼 즐비했다. 또한, 수평으로 길게 이어진 상가를 T자로 연결한 계단 길이 있고, 사람들이 쉴 새 없이 오가고 있었다.

아간이위위엔(阿柑姨芋圓)

우리가 아무런 목적 없이 옛 거리를 걸어가는 것은 아니었다. 여행하기 전에 미리 유명한 먹거리를 조사했었다. 그리고 그 첫 번째로 '아간이위위엔'이라는 현지 음식을 먹으러 가기로 한 것이다.

영어로 번역해 보면 '아간이 타로볼'이라고 하며 우리말로는 '아간'은 '이름'인 듯하고, '이'는 '이모', '위'는 '토란', '위엔'은 '원'을 뜻한다. 쉽게 말하면 '아간 이모'라는 식당에서 파는 '공같이 생긴 토란 음식' 정도 되는 것 같다.

한 손에는 우산을 들고 또 한 손에는 지도를 들고 찾아가는데 어디가 어딘지 분간이 안 간다. 결국 현지인들에게 물어보기로 했다. 상인들은 자기 상점 손님이 아닌데도 친절하게 가르쳐 준다. 아마도 친절해야 손님들이 이곳에 계속 찾아올 것이고 그중에서 자기 상점에 올 손님도 만드시 있다는 것을 알기 때문이리라.

길은 비교적 간단했다. 상가가 밀집되어 있는 주도로가 하나 있고 간혹 수직으로 좁은 계단 길이 연결되어 있다. 규모 또한 그리 크지 않을 뿐 아니라 잘 알려진 맛집은 손님이 많고 간판도 큼지막하게 붙어 있다. 목적지는 바로 약 20m 앞에 있었다.

비가 오는 날씨 탓에 쌀쌀한 기운이 돌았다. 그래서 6명 모두 뜨거운 아간이위위엔을 주문했다. 식당에 손님이 앉아서 먹을 수 있는 공간이 없었으므로 주인이 종이 그릇에 음식을 담아주면서 먹을 수 있는 장소를 알려주었다.

그가 알려준 장소에 가보니 밖을 조망할 수 있는 비교적 넓은 공간이 있었다. 식당 홀처럼 테이블과 의자가 놓여있고 이미 많은 사람이 음식을 먹고 있었다. 이곳이 아간이위위엔 전용 공간인지 아니면 여러 노점을 위한 공용 공간인지는 불분명하지만 편안하게 음식을 먹을 수 있어서 다행이었다.

아간이위위엔

이제 맛을 볼 차례였다 수저로 우선 건더기를 건져서 입에 넣었다. 단팥의 달콤한 맛에 쫀득한 떡, 다름이 아닌 우리의 동지팥죽과 비슷했다. 한 그릇을 다 먹고 약간의 실망감을 안고 밖으로 나와 다음 행선지를 향해 걷고 있는데 문득 잊고 있었던 것이 머릿속에 떠올랐다. 그것은 이곳에서 먹어야 할 것이 뜨거운 '위위엔'이 아니라 '위위엔 빙수'였던 것이다.

일정표를 꺼냈다. '아간이위위엔-토란빙수'라고 쓰여있었다. 하지만 돌아가서 다시 줄을 설 수는 없었다. 아직 맛봐야 할 것들이 남았고 이미 어느 정도 양이 차오기 때문이다. 만약에 아이스를 선택했다면 인절미 팥빙수 맛이 아니었을까 하며 애써 아쉬움을 달랠 수밖에 없었다. 왜 자꾸 놓친 것이 더 좋아 보이는 걸까?

아메이차루〔阿妹茶樓〕

다음 목표는 전에 가지 못해 아쉬움이 컸던 찻집 '아메이차루'다. 하지만 이미 날이 어두워져 밖은 보이지 않으므로 내가 어느 방향으로 가고 있는지 가늠할 수 없었다. 지도를 폈지만 상가 건물이 밖을 차단하고 있어 내가 어느 위치에 있는지 확인하기조차 어려웠다.

별수 없이 눈을 마주치는 상점 주인에게 물어볼 수밖에 없었다. "아메이차로우 자이 날?" 하고 물었더니 저쪽 계단으로 내려가라며 손가락으로 가리켜 준다. 알려준 대로 가보니 바로 아래쪽에 간판이 보였다. 상점 대부분이 주 상가를 따라 밀집되어 있고 일부가 수직의 계단길에 있었지만 주 상가에서 멀지 않아 금방 찾을 수 있었다.

찻집으로 들어가려면 외부 계단을 통해 2층으로 올라가야 했다. 아래층부터 2층 입구까지 계단을 따라 긴 줄이 형성되어 있었다. 우리는 내리는 빗속에서도 줄을 서서 기다릴 수밖에 도리가 없었다.

아메이차로우

한참 기다리다 드디어 2층 입구에 들어섰다. 그런데 이게 웬일인가? 찻집 홀 탁자가 거의 비어있는 것이 아닌가? 영문을 몰라 하면서 직원에게 차를 마시러 왔다고 하니 전망 좋은 곳으로 안내한다. 얼떨떨한 기분으로 살펴보니 줄을 선 사람들은 찻집 화장실을 이용하려는 사람들이었다.

황당하다고 생각하고 있는데 종업원이 메뉴판을 가져왔다. 그리고 무슨 차를 마실지 묻는다. 차라고 하면 녹차, 율무차, 생강차, 대추차, 쌍화차 정도는 알고 있는데 대만 사람이 무슨 차를 마시겠느냐고 하니까 선뜻 대답하기가 어렵다.

내가 머뭇거리자 우롱차와 홍차 중 어떤 것으로 할지를 묻는다. 전에 무이산에 갔다가 주워들은 것이 있어서 우롱차를 주문했다. 그때 들은 얘기인데 우롱차는 반 발효한 것이고 홍차는 완전히 발효한 것이라 했다. 그리고 거기서 마셨던 차가 '육계'와 '수선' 등 고급 차였는데 모두 우롱차였다.

차를 주문하기 전에 가격을 물었다. 대만 돈 300위안이라고 한다. 우리 돈으로 13,000원 정도의 금액이다. 모두 300위안이 맞냐고 하니까 그렇다고 하여 이 정도 가격이면 저렴하다 싶어 일단 주문했다.

종업원이 불이 들어있는 작은 항아리를 바닥에 놓고 그 속에 주전자를 놓았다. 그리고 그 주전자에 물을 부었다. 물을 끓이려는 것이다. 그다음에는 탁자에 여러 종류의 다구(茶具)와 다식, 찻잎 등을 올려놓았다. 보기만 해도 300위안이 아깝지 않을 만큼 풍성했다.

여러 가지 다구

차를 마시는 방법은 간단했다. 먼저 뜨거운 물로 찻잔을 데운다. 그리고 찻잎을 작은 주전자에 넣고 뜨거운 물을 붓고 한 번 헹구어 낸 다음, 다시 뜨거운 물을 부어 작은 찻잔에 따른다. 그다음에는 넓은 잔을 작은 잔에 포개어 덮은 뒤에 재빨리 뒤집고 작은 잔을 빼내어 코에 대고 향을 맡는다.

진한 차향이 온몸에 퍼지는 듯하다. 곧바로 차 한 모금을 입안에 머

금어 본다. 은은한 향이 더해지고 특별한 맛이 긴 여운을 남긴다. 옛 거리, 옛 건물, 그리고 옛날 방식의 다도를 행하며 여행의 느낌을 동행들과 함께 나누는 담소의 시간… 지우펀에서의 저녁은 이렇게 지나갔다.

차를 마시고

이제 일어날 시간, 찻집에서 나가기 위해 종업원을 불렀다. 그런데 처음 안내한 사람이 아닌 다른 사람이다. 300위안을 건넸더니 1인당 300위안이라고 한다. 1,800위안을 내야 했다. 여행경비 77,400원이 순식간에 사라져 갔다.

그러면 그렇지…. 이처럼 이국의 다도를 행하는데 찻값이 1인당 2,000원이라면 싸도 보통 싼 것이 아니다. 대만을 너무 얕잡아 본 것 같아 좀 쑥스러웠다. 시골에서도 커피 한 잔에 5천 원 이상 받는 곳이 있는데 말이다. 아무튼 예상 밖 경비 지출로 쓰린 가슴을 쓸어내리며 찻집을 나섰다.

벌써 밖에는 짙은 어둠이 내려있었고 홍등이 어둠 속에서 더욱 빛을 냈다. 당연히 홍등을 배경으로 사진을 찍는 사람이 많아졌고 걸음은 느려졌다. 우리도 이런 색다른 풍경을 그냥 지나칠 수 없어 단체 사진을 찍기로 했다. 젊은 행인에게 "파이짜오" 하니까 기꺼이 찍어준다.

계단 길 홍등을 배경으로

위완보짜이(魚丸伯仔)

일정표를 꺼냈다. 다음 목석지를 고르기 위해서다. 저녁 식사를 군 것질로 해결하기로 했으므로 이제 좀 배를 채울 수 있는 '위완보짜이' 를 선택했다. 맛집을 찾아가는 것은 그리 어렵지 않았다. 좀 한가하다 싶은 상점 주인에게 "위안보짜이 자이날?" 하니 손가락으로 방향을 가리킨다.

알려준 대로 조금 걷다가 그래도 확실하게 하는 것이 좋겠다 싶어 다른 상점 주인에게 다시 물었다. 위안보짜이를 찾는 사람이 많아 워낙 유명해서인시 순산의 망설임도 없이 손가락을 들어 같은 방향을 가리킨다. 고개를 돌려 보니 바로 앞에 큼지막한 간판이 보인다.

위완보짜이

이곳은 식당처럼 홀이 있었다. 시간이 좀 늦어서 그런지 그리 많이 붐비지는 않았다. 우리 6명이 둘러앉을 수 있는 탁자를 발견하고 곧바로 자리를 차지했다. 그리고 위완보짜이 주문…. 별다른 조리 절차 없이 금방 그릇에 담아 수저와 함께 내온다.

그럼 맛은 어떨까? 큰 기대를 하며 한 수저 입에 넣었다. 둥그런 환이 씹히면서 맛과 질감이 혀를 통해 전해졌다. 틀림없는 어묵 맛이다. 그도 그럴 것이 위완(魚丸)은 둥근 어묵이라는 뜻이다. 어육의 함량이 높다는 느낌이 들었고, 학창 시절 포장마차에서 사 먹던 옛날 어묵 기억이 되살아났다.

그 밖의 맛집들

위완보짜이를 나와 '아주쉐짜이샤오(阿珠雪在燒)'라고 불리는 '땅콩 아이스크림' 가게를 찾았다. 군것질을 많이 하면 갈증이 나기 때문에 다음 목적지로 선정한 가게였다. 이번에는 누구한테 물어볼 필요도 없었다. 다시 상가 중심 쪽으로 방향을 돌려 얼마 안 갔는데 간판이 보였다.

그런데 문이 굳게 잠겨있었다. 영업시간이 끝난 것이다. 아직 저녁 8시인데 문을 닫다니 꽤 당황스러웠다. 할 수 없이 다음 목적지를 찾아가려는데 조금 떨어진 곳에 '아란차오자이꿔(阿蘭草仔粿)'라는 토란 찹쌀떡 간판이 보인다.

'아주쉐짜이샤오'와 '아란차오자이꿔'

일행들에게 다음은 '토란 찹쌀떡'을 먹을 차례라며 손가락으로 떡을 가리키자 이구동성으로 배불러 못 먹는다고 한다. 주먹 크기의 찹쌀떡을 보고 모두 기겁을 한 것이다. 맛집도 배가 고파야 맛을 볼 수 있지 단시간에 모든 맛집을 다 갈 수 없다는 것을 깨닫는 순간이었다.

할 수 없이 돌아서는데 가까운 곳에 '天下第一杏鮑菇'라는 가게가 보인다. '천하제일 새송이버섯'이라는 뜻이다. 과연 이름처럼 큼지막한 새송이버섯이 조리대 위에 올려져 있었다. 6인분을 주문했다. 버섯 구이는 찹쌀떡과는 달리 배가 부르지는 않을 것 같아서였다. 조리 방법은 간단했다. 통통한 새송이버섯을 불판 위에 올려놓고 이리저리 굴리면서 굽다가 어느 정도 익었다 싶으면 가위로 반을 잘라 소스를 바르고 뒤집어 가며 굽는다. 그리고 다 익으면 잘게 잘라 종이컵에 넣어 찍어 먹을 수 있도록 꼬챙이와 함께 준다.

새송이버섯구이   일행들과 함께 저녁 식사

한 개를 찍어 입에 넣고 씹어보니 식당에서 삼겹살을 먹을 때 함께 구워 먹던 새송이버섯 맛이었다. 거기에 이 집만의 특유의 소스 맛이 더해졌다. 이미 어느 정도 배가 불러서일까? 저녁 시간을 이용하여 지우펀 거리의 맛집을 모두 섭렵하려는 계획은 무리인가 싶었다.

이제 특정 맛집을 찾아다니는 것은 큰 의미가 없는 것 같았다. 그래서 가벼운 마음으로 둘러보기로 했다. 그런데 음악 소리가 가까이 들리기 시작했다. 무슨 일일까 바라보니 청소차가 쓰레기를 수거하고 있었다.

상가 양쪽의 가게에서 기다렸다는 듯이 쓰레기를 가득 담은 비닐봉지를 차에 실었다. 그리고 하나둘 문을 닫았다. 몇 군데 다니지도 않은 것 같은데 너무 허무하다는 생각이 들었다. 지우펀에서의 저녁 여행은 이것으로 끝나가고 있었다.

서둘러 안주와 맥주를 사서 숙소로 돌아가기로 했다. 다행히 조금 떨어진 곳에 '샹추요우(享初魷), 대왕오징어'라는 간판이 눈에 들어왔다. 매대에는 '대왕오징어 다리'와 비슷하게 생긴 튀김이 있고 새우튀김과 게튀김도 있었다.

대왕오징어　　　　　　　　　새우튀김과 게튀김

일단 여러 종류의 튀김과 맥주, 과자 등을 사서 숙소로 돌아갔다. 그리고 거실의 탁자에 펼쳐놓고 잔을 들었다. 지우펀에시의 마지막 밤을 위하여….

대만 제일의 폭포

여행 2일째가 되었다. 이날은 스펀과 예류, 그리고 단수이에 가기로 했다. 타이베이에서 지우펀까지는 차로 1시간 거리이므로 기사 출근 시간을 고려해 렌터카를 9시까지 오라고 했다. 아마도 기사는 집에서 8시에 출발해야 할 것이다.

밖에는 여전히 비가 내리고 우리는 다시 무거운 가방을 들고 가파른 계단을 내려와서 터널이 있는 곳까지 가야 했다. 한 손에는 우산을 들고, 또 한 손으로는 가방을 끌어야 했지만 아는 길이라 그런지 그리 힘들지는 않았다.

지우펀에서 1시간을 달린 끝에 스펀에 도착했다. 원래는 기차를 타고 스펀역에서 내리고 싶었지만 문제는 역시 시간이었다. 짧은 기간 여러 곳을 가야 해서 이번에도 전용차를 이용할 수밖에 없었다.

먼저, 스펀폭포로 방향을 잡았다. 스펀라오지에(十分老街)로 가기에 앞서 스펀여행자센터(十分遊客中心) 앞에서 내렸다. 이곳에서 스펀폭포까지 700m 정도의 탐방로가 있는데 걸어서 대략 10~20분 정도 소요된다.

스광탄 현수교 　　　　　　　　　　　스광탄

탐방로는 여행자센터 쪽으로 이어져 있고 그 뒤로 지룽강을 가로지르는 현수교가 있었다. 그리고 이 현수교 아래쪽에 움푹 파여있는 부분이 있는데 이곳이 스광탄(四廣潭)이다. 유속이 빠르지 않아서인지 연못과 비슷해 보였다.

철교와 관푸현수교

현수교를 건너 조금만 더 가면 철재 계단이 나오고, 이 계단 위쪽에

철교와 두 번째 현수교가 있었다. 바로 '관푸현수교(觀瀑吊橋)'다. 여기에서 '관푸(觀瀑)'라고 함은 '폭포를 보다'는 뜻으로 스펀폭포에 가까이 왔음을 알 수 있었다.

현수교를 건너 대략 130m 떨어진 곳에 '샹비위엔(象鼻園)'이라는 작은 상점가와 정원이 있었다. 이곳에서 잠시 쉬면서 간단한 음료와 간식을 사 먹을 수 있는데 지우펀이나 스펀처럼 줄을 서야 했다.

간식 중 가장 인기가 있는 것은 '소시지'와 '삼겹살 말이'이다. 특히 삼겹살 말이를 주문하는 데 시간이 꽤 소요되었다. 줄은 그다지 길지 않더라도 삼겹살을 구워 익히는 데 시간이 소요될 뿐 아니라 한 사람이 여러 개를 주문하니까 너 지체되는 것 같았다.

대만에 와서 보니 길거리 음식점 앞에 줄을 서 있는 사람들이 유난히 많았다. 왜 그런지 궁금했는데 아마도 길거리 음식이 맛있다는 소문을 듣고 찾아온 관광객이 많기 때문이라는 생각이 들었다. 그도 그럴 것이, 우리 일행이 가게 앞에 서 있으면 사람들이 우리 뒤에 줄을 서는 경우가 많았고 우리 또한 줄이 보이면 맛있을 줄 알고 무턱대고 줄을 섰던 기억이 있나.

상점에서는 여러 종류의 음식을 팔고 있었지만, 다 먹어볼 수는 없으므로 한 가지만 주문하기로 했다. 무엇을 먹을까 망설이는데 기다란 삼겹살에 파 등의 야채를 넣고 돌돌 말아 꼬챙이에 끼우고 있는 모습이 무척 머음직스럽게 보였다. 무슨 맛일지 궁금했다.

줄을 서서 한참 기다린 끝에 드디어 6개의 삼겹살 말이 꼬치를 손에 들고 하나씩 일행들에게 건넸다. 몇 분간의 침묵이 흐르고 "와~ 먹을민하네~" 이구동성으로 감탄사를 연발했다. 컵라면으로 대충 때운 아침 식사가 부실해서일까? 아니면 평소 즐겨 먹던 삼겹살이라 그런 것일까? 과연 한국에까지 소문이 날만하다는 생각이 들었다.

샹비위엔 길거리 음식

꼬치 하나로 출출해진 배를 달래고 다시 길을 나섰다. 그리고 대략 100m쯤 걸었을까? 기대했던 폭포공원에 도착했다. 계곡에 있는 폭포일 것으로 생각했는데 사실은 지룽강의 높낮이 차이로 형성된 비교적 규모가 큰 폭포였다. 대략 높이 20m, 너비 40m가량 된다.

▼ 스펀폭포

스펀이 작은 지역이라 폭포도 작다고 생각했는데 대만에서 제일 큰 폭포라고 한다. 건기에 해당하는 2월인데도 수량이 이 정도인데 우기 때 왔으면 규모가 어마어마했을 것이다. 잘못된 선입견으로 이곳을 찾지 않았다면 이 멋진 경치를 볼 수 없었을 것이다.

머나먼 단수이(淡水)

스펀폭포를 뒤로 하고 스펀 옛 거리와 예류를 거쳐 단수이로 향했다. 단수이로 가는 경로를 검색해 보니 북쪽 해안도로를 이용하면 '예류'에서 1시간 남짓 소요되는 것으로 나타나 있었다. 그러니 실제로는 더 많은 시간이 필요했다. 신호등과 단속 카메라 등 시간을 지체시키는 요인은 다양했다.

우리의 목적지는 샤오바이꽁(小白宮), 홍마오청(紅毛城), 단수이 옛 거리(淡水老街), 정인의 다리(情人橋)였지만 기사가 자꾸만 '샤오바이꽁'과 '홍마오청'의 문 닫을 시간이 다 되어간다고 하니 덩달아 조바심이 났다.

할 수 없이 '홍마오청'만 가기로 했다. 처음 해안도로를 달릴 때는 끝없이 펼쳐진 망망대해가 장엄하다고 생각했는데 계속해서 바다만 보아서 그런지 저절로 눈꺼풀이 무거워졌다. 그래도 졸음을 억지로 참아가며 안전운전을 위해 계속 기사에게 말을 걸었다.

기사의 대답 중에 쓸만한 내용도 있었다. 그중 하나는 동쪽 바다는 태평양이고 서쪽 바다는 타이완 해협이며, 대만에서 유명한 술은 '금문 고량주'와 '대만 맥주'라고 했다. 또한 '스지아'라고 하는 과일은 '타이동'이 주산지도 낭노가 아주 높다며 자랑스러워하는 눈치였다.

▲ 홍마오청

　지루한 해안도로 질주가 끝나고 홍마오청에 도착했다. 안으로 들어가 보니 비교적 넓은 정원에 붉은색 건물이 눈에 들어왔다. '홍마오청'이라는 이름은 붉은색 머리와 수염을 가진 네덜란드 사람을 '홍마오(紅毛)'라고 부른 데서 유래한 것이다.

　처음에는 이곳을 '산토도밍고 요새'라고 했다. 1628년 스페인군에 의해 건설되었기 때문이다. 그 이후 스페인 군대가 물러가고 나서 네덜란드군이 재건하여 사용하던 것을 1867년 영국이 조차하여 영국 영사관으로 사용했다.

　내부에는 영국 왕실의 문장이 놓여있다. 아마도 과거 '영국 영사관'이었음을 나타내기 위해 진열해 놓은 것이리라. 몇 개의 침실과 거실에 놓여있는 당시 사용했을 것으로 추정되는 서양식 집기들이 고풍스러웠다.

　그러나 관광객들 대부분은 건물 내부에는 관심이 없는 듯 보였다. 일반적인 집기나 물건들은 다른 곳에 전시된 것과 크게 다르지 않기 때문이리라. 대신에 건물 입구의 정원수와 붉은색의 건축물 외벽을 배경으로 사진찍기에 바쁘다. 건물이 외세에 의해 지어지고 사용되었더라도 크게 문제시되지는 않는가 보다. 지금은 아름다운 명소 중 하나라는 것이 중요할 뿐이다.

영사관 내부 영국 왕실 문장 　　　　　　　응접 세트

　아침 9시에 숙소를 나와서 스펀과 예류를 거쳐 가까스로 홍마오청을 관람했으나 입장 마감시간이 다 되었다. 샤오바이꿍은 문이 닫혀 있을 것이므로 갈 수 없었다. 이쯤 되니 나머지 일정도 별다른 관심이 없어졌다. 저녁에 스린 야시장을 가기로 했고 또 이곳에서 스린까지는 성딩한 거리일 뿐 아니라 기사도 퇴근해야 하므로 단수이에서의 일정은 이만 마무리하기로 했다.

#6
아름다운 화련, 그리고 타이베이

화련으로 가는 길

또다시 아침을 맞았다. 지난밤 스린 야시장에서 먹었던 거리 음식과 십전갈비탕이 채 소화가 안 된 듯 포만감이 있었지만 무료로 제공되는 아침 뷔페 식사를 위해 식당 문이 열리길 기다렸다. 왜냐하면 세상에서 가장 맛있는 음식은 '공짜로 먹는 음식'이기도 하거니와 여행 중에 호텔 조식만큼 다양한 음식을 맛볼 기회는 많지 않기 때문이다.

사실, 간밤에 갔었던 스린 야시장에는 다양한 거리 음식이 있었다. 하지만 소문난 맛집 몇 군데만 가도 배가 불러서 더 이상 먹을 수 없다. 야시장 입구에 들어서자마자 보이는 대로 먹었다가는 정작 맛나 보이는 것은 입에 대지도 못할 것이다. 그래서 사전에 무엇을 먹을지를 정하고 가든지 아니면 맛나 보이는 것 중에서 몇 가지만 신중하게 선택해야 한다.

야시장 초입에 있던 화덕으로 구워내는 80년 전통의 원조 후추빵 집에서 먹었던 맛이 잊히지 않았다. 요리사들의 손은 밀가루 반죽 속에 소를 넣고 만두처럼 봉합하느라 분주히 움직이고 화덕 안에는 후추빵이 노릇노릇 구워지고 있었다. 무엇을 먹을지 신중하게 선택해야 하지만 이곳에서는 먹음직스럽게 익어가는 빵을 보고 발길을 멈출 수밖에 없었다. 고민할 것도 없이 바로 돈을 내고 빵을 받았다.

　사람들로 북적이는 노점 앞을 피해, 처마 밑에 앉아 입에 넣었던 후추빵, 겉은 바삭하고 속은 촉촉했다. 뜨거워서 후후 입김을 뿜어내자 입안에 가득 찼던 후추향이 제법 느껴졌다. 맛을 따지자면 하나 더 먹고 싶은 그런 맛이었다.

원조 후쟈오빵(胡椒餠, 후추빵)

　드디어 아침 7시가 되었다. 호텔 식당 문이 열리고 기다리던 사람들이 바삐 들어갔다. 호텔 뷔페 조식은 대체로 비슷하지만 주방장에 따라서 맛이 조금씩 다르다. 그리고 한두 가지씀은 그 지방 특유의 음식도 있어 여행의 기분을 한껏 높여준다. 그래서 나는 호텔에서의 아침 식사가 항상 기대된다. 더욱이 여행하다 보면 점심 식사시간을 놓쳐 부실하게 먹는 경우가 허다하므로 아침은 많이 먹어두는 것이 좋다.

　식사를 마치고 대기 중인 렌터카를 탔다. 이날 가기로 한 곳은 화롄으로, 대중교통으로는 하루 일정 안에 소화할 수 없기 때문이다. 화롄은 스린의 숙소에서 자동차로 대략 두세 시간 소요되는 거리이며 주요 관광 포인트는 '다이루거(太魯閣) 협곡'과 '치싱탄(七星潭), 칭쉐이 절벽(淸水斷崖)' 등이다.

자동차가 신베이시를 통과하는 동안에도 비가 오락가락했다. 여행 사흘째가 되었지만 해는 잠시라도 얼굴을 내밀지 않았다. 대만에 입국하던 날 여행비 지원 추첨에서 6명 모두 '꽝'이라는 비운(悲運)을 맛보았던 '재수 없음'의 연장인지 불안하기만 했다.

화렌으로 가는 길은 멀고도 험했다. 한 시간을 달려왔는데도 언제 산 이외의 풍경을 볼 수 있을지 지루하기 짝이 없다. 아마도 전용차가 아닌 대중교통으로 왔다면 최소 이틀은 소요될 듯하다. 시간도 시간이겠거니와 호텔과 현지 교통도 이용해야 하므로 비용이 더 필요할지 모른다. 물론 한두 명이 여행한다면 시간을 더 투자하여 대중교통을 이용하는 것이 더 경제적일 것이지만 말이다.

산악지대의 비슷한 풍경만 바라보자니 저절로 눈꺼풀이 무거워졌다. 기사 옆자리에 앉은 죄로 졸음을 억지로 참았다. 그리고 가끔은 기사에게 별로 중요하지 않은 질문을 던지며 대답에 "그래요?"라고 화답하며 듣고 있다는 신호를 보냈다. 졸음운전 예방을 위한 방편이었다.

일행들은 이미 꿈속에서 헤매고 있는지 아무런 기척도 없다. 그렇게 나 홀로 졸음과의 사투를 벌이고 있는데 갑자기 탁 트인 평야지대가 나타났다. 우리나라로 따지면 대관령을 넘어선 것이다. 이란현의 평야지대가 펼쳐져 있고 여기저기 건물들이 눈에 들어왔다. 이제 첫 번째 목적지인 화렌의 타이루거 협곡이 멀지 않은 것 같았다.

타이루거 협곡〔太魯閣峽谷〕

자동차는 한동안 평야지대를 달리다 다시 험준한 산악지대에 들어섰다. 절벽 같은 가파른 산을 깎고 뚫어 만든 잔도와 터널이 번갈아 가며 나타나고 사이사이에 짙푸른 태평양이 보였다. 그리고 돌연 강을 따라 산속 깊이 들어가는데 강폭이 점점 줄어들며 계곡으로 바뀌어 갔다. 타이루거 협곡에 진입하게 된 것이다.

이 지역이 타이루거 국가공원의 일부다. 대만 원주민 타로코(Taroko)족의 언어로 '이어진 산의 봉우리'라는 뜻이라고 하는데, 상당히 높은 산봉우리들로 이루어져 있었다. 해발 1,000m가 넘는 높은 산봉우리 사이로 리우강(立霧溪)이 흘러가면서 대리석 암반을 침식하여 협곡이 만들어졌다고 한다.

협곡이 더 좁아지고 절벽이 가파르게 형성된 지점에 이르자 관광객들이 보이기 시작했다. 옌즈커우(燕子口)에 도착한 것이다. 이곳에서 진헝교(靳珩橋)까지 보행길(步道)이 설치되어 있는데 타이루거(太魯閣) 협곡(峽谷) 최고의 관광 포인트 중 하나라고 한다. 까마득한 절벽 아래로 옥빛의 계곡물이 신비로웠다.

▼ 타이루거 협곡

옌즈커우 보행길

옌즈(燕子)라는 단어는 제비라는 뜻이므로, 옌즈커우(燕子口)는 제비 서식지 입구라는 의미일 것이다. 기사가 우리를 옌즈커우 초입에 내려주며 천천히 구경하면서 보행로가 끝나는 지점까지 걸어오라고 했다.

도로 가드레일 너머는 이쪽과 마찬가지로 거대한 산 절벽이 서 있고 절벽과 절벽 사이로 에메랄드빛 계곡 물이 흘러가고 있었다. 특히 암벽에 호혈(壺穴)이라고 하는 구멍들이 뚫려있는데 석회암이 오랫동안 침식되어 생긴 것이다.

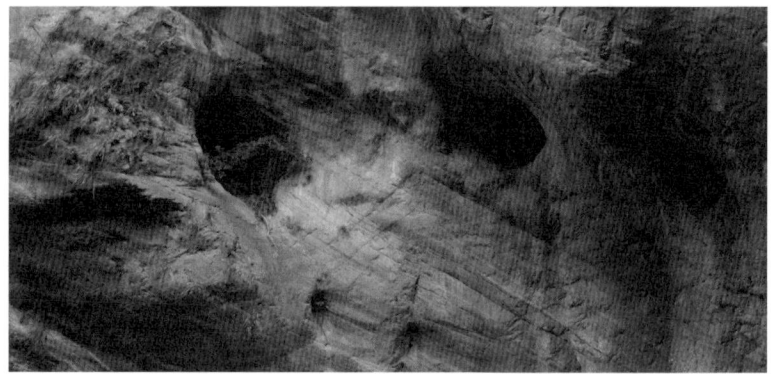

침식으로 만들어진 호혈

절벽 아래쪽에는 호혈의 생성 과정을 설명해 주는 듯 지하수가 암벽을 뚫고 세차게 뿜어져 나오고 있었다. 이로 인한 침식작용으로 석회암 구멍이 점점 커져 동굴이 형성되었는데 이곳에 제비들이 둥지를 틀고 서식했다는 것이다.

과거에는 수많은 제비가 날아들며 장관을 이루었지만 도로가 뚫리고 관광지로 개방되면서 차량과 사람의 소음으로 자취를 감추었다고 한다.

지하수 물줄기

이곳도 어느 관광지와 마찬가지로 바위나 계곡의 형태에 따라 갖가지 이름을 붙여놓았다. '인디안 추장 바위'에 이르러 많은 사람이 추장 바위를 못 찾아 시선을 어디에 둘지 헤매고 있었다. 나도 관광객들과 섞여서 찾나가 대략 비슷한 바위를 찍어보았다. 그리고 저게 맞다고 주위 사람들에게 손가락으로 가리키며 동의를 구했다. 모두가 갸우뚱

하면서도 고개를 끄덕이며 공감해 주었다. 어차피 주관적으로 판단할 문제이므로 함께 본 사람들이 맞다면 맞을 것이다.

인디안 추장바위

톈샹(天祥)의 원숭이

진헝교에서 기사와 만났다. 협곡의 풍경은 가는 곳마다 조금씩 차이는 있었지만 깊게 파인 절벽에 옥빛 물이 흐르는 것은 대략 비슷하다는 생각이 들었다. 기사가 타이루거 협곡 말고도 두 곳을 더 가야 하므로 점심을 먹고 이동하는 것이 좋겠다고 했다. 이날 오후에 다른 명소를 관람하고 다시 타이베이로 되돌아가야 하므로 맞는 말이다.

옌즈커우 보행로를 끝까지 걷고 난 후 협곡 관광을 마치려고 하니 아득히 먼 곳에 걸려있는 구름다리가 자꾸만 눈에 밟힌다. 아마도 제대로 구경하려면 어느 정도는 등산을 병행해야 할 것 같다. 하루 일정으로 화렌의 명소 세 군데를 둘러보려면 포기할 수밖에 없는 코스다.

▲ 구름다리

　치싱탄(七星潭)과 칭쉐이절벽(淸水斷崖)도 가야 하므로 타이루거 협곡은 이 정도로 맛만 봐야지 어쩔 수 없었다. 문제는 시간이다. 다 보려면 좀 더 긴 여행 일정과 더 큰 비용이 필요하다. 삶이 그렇듯 현실에 적당히 타협할 줄 알아야 한다.

　기사에게 우선 점심 먹을 식당을 안내해 달라고 했다. 그랬더니 협곡을 따라 구불구불 나 있는 터널과 산노 같은 도로 위를 사정없이 달린다. 휙휙 지나가는 풍경들⋯. 옥빛 물이 흐르는 나머지 협곡 구간을 차창으로 관람하며 경치는 거기서 거기 아니겠냐며 나의 결정을 애써 압리화했다.

　드디어 점심 식사를 위해 톈샹(天祥)이라는 지역의 식당가에 도착했다. 일단 주차장에 주차하고 잠시 휴식을 취하고 있는데 원숭이 가족이 뭐 먹을 것 없느냐는 듯 다가와 슬슬 눈치를 보았다.

렌샹 공원 원숭이

우리 일행이 땅콩 과자를 내밀자 천천히 다가와 순식간에 봉지를 낚아채 멀리 달아나 버린다. 먹이를 손에 넣으면 우선 도망치는 것이 생존의 법칙인가 보다. 봉지를 뜯어내 정신없이 입에 넣으면서도 혹시 누가 뺏어 먹지 않을까 경계를 늦추지 않았다. 정글 같은 세상에서 살아남으려면 최소한 저 정도는 돼야 하지 않을까?

에메랄드(emerald) 바다, 치싱탄(七星潭)

점심을 먹고 치싱탄으로 향했다. 왔던 길을 거슬러 타이루거 협곡을 빠져나오자 동쪽 해안도로가 나왔다. 그리고 얼마 안 가서 치싱탄 해변에 도착했다. 북두칠성 모양의 호수가 있었다고 하여 '칠성담(치싱탄. 七星潭)'이라는 이름이 생겼으며 지금은 화롄공항 건설을 위해 메워졌다고 한다.

차에서 내려 해변으로 가보니 검고 동글동글한 조약돌이 깔린 해수욕장이었다. 그런데 명소라고 하기에는 좀 한산했다. 사람들이 많지 않으니 좀 시시하다는 생각이 들었으나 바다에 가까워지자 맑은 옥빛 바닷물이 눈에 확 들어왔다.

치싱탄 해변

망망대해 태평양의 검푸른 바닷물과 확연히 구분되는 옥빛이 하나의 거대한 띠처럼 해안에 펼쳐져 있었다. 그리고 파도에 실려 다가왔다가 포말로 사라지는 광경이 무한 반복되고 있었다. 멀리서 보면 아름다운 에메랄드이지만 가까이 다가가 손을 내밀면 물거품일 뿐이었다. 돌아서면 남는 것은 젖은 빈손뿐 어쩌면 앞만 보고 달려왔지만, 아무것도 잡은 것이 없는 인생이 이곳 치싱탄에 펼쳐져 있는 것 같았다.

태평양과 칭쉐이 절벽

타이베이에 가려면 조금은 서둘러야 했기에 옥빛 바닷물을 눈에 담고 발길을 돌렸다. 우리가 돌아오자 기사가 급히 차를 몰았다. 칭쉐이 설먹(정수단애, 淸水斷崖)은 해안도로를 타고 30분 거리에 있었다.

▼ 칭쉐이 절벽

넓은 주차장 아래로 탐방로가 보였다. 이곳은 치싱탄과 달리 사람들로 제법 붐볐다. 길이 하나라 지도나 누군가에게 방향을 물을 필요가 없었다. 단지 사람들이 오가는 그 길을 나도 걸어가면 그뿐이었다.

탐방로를 따라 20분 정도 걸었을까? 사람들이 많이 모여있는 지점이 나왔다. 그리고 그곳에 전망대가 설치되어 있었다. 앞에 가파른 산이 바다와 닿아있고 육지와 접한 부분은 치싱탄에서와 같이 옥빛 바닷물이 띠처럼 펼쳐져 있었다. 아마도 이 가파른 산이 절벽일 것이다.

그런데 절벽을 보려고 일부러 오게 하지는 않았을 것이다. 절벽 자체는 신기하다거나 아름답다는 생각이 들지 않았다. 절벽 아래에 에메랄드 보석이 박혀있는 듯한 바다 빛깔이 어두운색의 절벽과 대비되어 유난히 청아한데 바로 이 바닷빛이 명소라는 생각이 들었다.

바다는 이름을 짓기 곤란하니 지금은 없어진 호수의 이름을 따 치싱이라고 지었듯이 이곳 칭쉐이 절벽도 마찬가지일 것이다. 여러 장의 사진을 찍었다. 그러나 아무리 찍어도 눈으로 본 아름다움은 끝내 화면에 담지 못했다. 그래서 사람들은 텔레비전이나 사진으로 이미 봤음에도 실물을 보러 머나먼 여행길을 마다하지 않는 것이리라.

신들이 모여있는 용산사

화롄 여행을 단 1일 만에 마치고 또 다른 하루를 시작했다. 이날은 타이베이 시내를 관광할 계획이었다. 타이베이는 교통망이 잘 갖추어져 있으므로 대중교통으로 이동하기로 했다. 그리고 숙소는 지하철역 근처로 정했다.

첫 번째 목적지는 '용산사(룽산쓰, 龍山寺)'다. 지하철역 구내로 들어가면 노선도가 있는데 '용산사'는 파란색 노선(블루라인)이었다. 어느 역에서 타든지 노선의 색을 보고 쉽게 환승하여 찾아갈 수 있었다.

▼ 용산사

용산사는 1783년 중국 본토 푸젠성에서 이주해 온 사람들이 지은 것으로, 사찰 이름은 고향에 있는 '용산사'라는 이름을 그대로 사용했다고 한다. 그런데 지금의 건물은 18세기에 지어진 건물이 아니다. 1919년, 그 터에 다시 건립을 시작해 1924년에 완공된 것을 일제강점기인 1945년 미군의 폭격으로 파괴되어 또다시 재건축한 것이다.

이곳이 유명해진 데에는 아주 특별한 이유가 있었다. 제2차 세계대전이 한창이던 어느 날이었다. 이날도 주민들은 미군의 공습을 피해 용산사 관세음보살상 연좌 아래에 대피했었다. 바로 그때 이상한 일이 벌어졌다. 갑자기 수많은 모기떼가 나타났고 사람들은 더 이상 견디지 못하여 모두 집으로 돌아갈 수밖에 없었다. 그 후에 용산사에 대규모 폭격이 일어났고 사찰은 초토화되었다고 한다.

공습이 끝난 뒤 사람들이 용산사에 가보니 사찰 대부분이 파괴되었음에도 정전에 모신 관세음보살상은 아무런 손상 없이 전에 있던 그대로 연좌 위에 앉아있었다는 것이다. 그래서 사람들은 관세음보살이 모기로 하여금 자신들을 다른 곳으로 이동토록 하여 폭격으로부터 보호했다고 믿게 되었고 더욱 신성시하였다고 한다.

전설이 사실일지 긴가민가하면서 사찰 안으로 들어가 보니 앞과 중간, 그리고 뒤쪽으로 3개의 전각이 배열되어 있었다. 앞쪽은 불공을 드리는 공간이고, 중간은 관세음보살과 문수보살, 보현보살이 모셔져 있는 정전(正殿)이었다.

뒤쪽에는 중국 민간신앙에서 나오는 항해의 여신 천상성모(마조)와 문학과 시험의 신 문창제군, 재물의 신 관성제군(관우) 등 도교와 유교의 많은 신들이 함께 모셔져 있었다. 또한 사찰 외관은 삼국지 이야기와 용, 봉황 등으로 장식되어 있어 그야말로 커다란 예술작품이었다.

용산사 지붕 장식

종교의 유무를 떠나 사람들은 대체로 기복신앙을 가지고 있다고 한다. 기복신앙이란 재물, 무병장수, 입신양명, 자손의 번창 등 자기에게 이로운 복(福)을 바라는 신앙의 형태를 일컫는다. 그래서 이곳 용산사에 오면 이러한 인간의 소망을 관장하는 신들을 거의 다 만날 수 있다고 해도 과언은 아닐 것이다.

용산사에서는 많은 사람이 각자 믿고 있는 신전 앞에 나아가 기도하는 모습을 쉽게 볼 수 있었다. 그들에게 무슨 사연이 있고 간절히 바라는 것이 무엇이건 간에 두 손 모아 기도하는 모습이 참으로 진지하고 아름다웠다.

예로부터 '진인사대천명(盡人事待天命)'이라는 말이 있다. 사람이 할 수 있는 일을 다하고서 하늘의 뜻을 기다린다는 말이다. 최선을 다한 다음에 1퍼센트 정도는 신의 도움을 기대해 보는 것도 좋겠다는 생각이 들었다.

기도하는 사람들

젊음의 시먼딩(西门町)

용산사 관람을 마치고 대만의 명동이라고 불리는 시먼딩(서문정, 西門町)을 찾았다. 용산사 역에서 지하철을 타고 왔던 방향으로 한 구간만 가면 시먼역이다. 사실 이곳에 오게 된 것은 우리나라 명동에서의 기분을 느끼기 위한 것이 아니라 블로그에 소개된 먹거리 때문이었다. 음식도 여행의 일부분이니까.

맛집을 찾아가는 길은 의외로 간단했다. 휴대폰 지도 앱을 작동시키면 그만이었다. 지하철에서 내려 1번 출구로 나오니 시먼홍러우(서문홍루, 西門紅樓)가 나타났다.

이 건물은 1908년에 일본인이 설계하여 건축한 것으로, 팔각과 십자 형태로 구성되어 있다. 여러 시기를 거치면서 시장, 영화관, 극장 등으로 활용돼 오다가 현재는 카페, 공방, 공연, 문화 체험 등의 공간으로 활용되고 있다.

시먼홍러우(西門紅樓)

외형이 거의 손상되지 않고 보존되어 있는 몇 안 되는 건축물 중 하나라고 하며 내부에 들어가 카페에서 차를 마시거나 다양한 상품을 쇼핑할 수 있다. 또한, 공방에서 전시되고 있는 각종 공예품을 살 수도 있고 다양한 문화 체험 행사에 참여할 수도 있다.

시먼홍러우 내부

시먼홍러우 옆에는 85℃라는 이름의 카페가 있는데, 이곳은 소금커피로 꽤 유명했다. 그런데 커피만 주문하면 내부에 들어갈 수 없고, 빵을 주문한 손님만 입장이 가능하다고 했다. 내가 이해하지 못하자 종업원이 테이블당 작은 빵 하나만 사도 된다는 설명을 반복했다.

약간 어리둥절하면서 시키는 대로 했다. 우리와는 좀 문화가 다른 것 같다는 생각이 들었다. 한국에서는 카페에 들어가 자리를 확보하고 커피가 되었건 빵이 되었건 아무거나 주문하면 되지만 이곳에서 커피는 테이크아웃만 가능했다.

블로거들이 소개한 특별한 카페의 테이블을 확보해 각자 소금커피 하나씩을 올려놓고 앉았다. 현지인들과 섞여 빵을 안주 삼아 마시는 소금커피, 무슨 맛일지 평가하는 것보다는 잘 알려진 이국의 한 공간을 여행자들과 공유하며 함께 그 커피를 마시고 있다는 사실 하나만으로 족했다.

85℃에서 소금커피 한잔

소금커피를 마시고 시먼딩 상가 밀집 지역으로 발걸음을 옮겼다.

오전이지만 여행객들이 보이기 시작했다. 대부분 젊은 사람들이다. 무엇인가 신기한 것을 찾는 것 같았다. 몇 명이 거리 음식을 사기 위해 줄을 서 있으면 지나던 사람들이 곧바로 뒤이어 줄을 섰다. 하지만 블로거들이 추천한 특별한 맛집을 찾고 있는 우리로서는 이곳에 관심을 둘 만큼 한가하지 못했다. 목적한 음식을 빨리 맛보고 계획된 일정을 소화해야 하기 때문이다.

"좌로 가시오, 우로 가시오" 하는 내비게이션의 알림 소리가 조금 헷갈리는 경우도 있지만, 그리 먼 거리는 아니므로 어디든지 쉽게 찾을 수 있다. 더구나 유명한 가게 앞은 특별히 많은 사람으로 붐비므로 내비게이션 지도를 보고 가까이 왔다고 판단되면 주위를 살펴보거나 상인들에게 물어보면 된다.

시먼딩과 치킨집(하오따 따지파이, 豪大大雞排)

첫 번째 목적지 '하오따 따지파이' 가게에 갔다. 그런데 어쩐 일인지 손님이 아무도 없었다. 이게 그 맛집인지 긴가민가하면서 하나를 주문했다. 주인이 닭을 기름에 튀기더니 커다란 종이봉투에 담아 주는데 크기가 생각보다 컸다.

우선 맛을 확인하고자 손으로 윗부분을 잘라 입에 넣었다. 약간 매콤하지만 내가 알던 치킨 맛이었다. 우리 여섯 명이 저마다 한 귀퉁이를 손으로 잘라 맛을 보았다. 다들 소금커피 가게에서 빵 한 조각씩을 먹어서인지 더 이상 먹지 못했다. 비록 조금씩이지만 여섯이 나누어 먹었는데도 남을 정도로 치킨의 양이 많았다. 역시 큰 치킨스테이크(大雞排)였다.

아깝지만 다 먹지는 못했다. 할 수 없는 일이다. 뒤처리하고 돌아서는데 가게 앞에 줄이 형성되었다. 우리가 이 가게 매상을 위한 마중물이 된듯하다. 그도 그럴 것이 여섯 명이나 되는 사람이 치킨집 앞에서 치킨을 먹으니 어찌 지나는 사람의 호기심을 자극하지 않았으랴.

시먼딩 거리

따지파이를 맛보고 두 번째 목적지로 향했다. 그런데 얼마 가지 않아 긴 줄이 보였다. 또 우리가 모르는 무슨 맛집이 있는 것인지 다가가 보니 천천리(天天利)라는 국숫집이었다. 도대체 얼마나 맛있길래 줄이 이렇게 길지 궁금했지만 우리의 목적지는 다른 곳에 있으므로 발길을 돌리기로 했다.

이번에는 골목길이라 그런지 방향감각이 사라졌다. 우리가 어느 방향으로 가고 있는지 내비게이션으로는 정확히 알 수가 없었다. 할 수 없이 일하는 사람들에게 물어보기로 했다. 우리가 찾는 식당이 워낙 유명한 곳이라 그런지 금방 알아듣고 손으로 방향을 가리킨다. 대략 10m를 기다가 길모퉁이를 돌아가니 한 식당 앞이 사람들로 유난히 북적이고 있었다.

아종면선과 천천리

이곳이 바로 우리가 찾던 곱창국수 가게, 아종면선(阿宗麵線)이다. 나는 바글거리는 사람들을 헤치고 주문을 넣었다. 무엇을 먹을지 선택할 필요 없이 오직 아종면선 6인분이라는 말을 외치고 돈을 건넸다. 모여있는 사람들은 많았지만, 기다리는 시간은 의외로 짧았다. 식당에서는 반찬도, 서빙도 필요 없었다. 작은 종이 그릇에 곱창국수를 퍼서 나누어 주기만 하면 되는 간단한 일이 반복되고 있었다.

국수를 손에 든 손님은 서서 먹든지 쭈그려 먹든지 알아서 먹어야 했으나 다들 아무 불평도 없다. 다만 빨리 받아서 먹을 수 있음이 다행이라는 표정이었다.

걸쭉한 식감이 마치 중국집에서 먹었던 '기스면'과 흡사하게 느껴졌다. 그렇지만 무슨 맛인지 표현하기 어려웠고, 다만 맛있다는 말로 모든 평가를 대신했다. 운 좋게 한 귀퉁이에 있는 벤치에 앉아 곱창국수 그릇을 남김없이 비웠다.

시먼딩 입구

대만 배낭여행

이제 더 이상 시먼딩에서 맛집을 찾아다닐 필요가 없게 되었다. 배가 부르기 때문이다. 이곳에서 맛집을 다 돌아다니려면 며칠을 더 머물러야 한다는 것을 알았다. 점심도, 저녁도 이곳에서 먹어야 한다. 결국 가장 먹고 싶은 음식 한두 개를 선택할 수밖에 없다. 마치 사는 것이 그런 것처럼….

타이베이 샹산(象山)

시먼딩에서의 아쉬움을 뒤로 하고 다음 행선지로 가기 위해 지하철역으로 향했다. 대만에 처음 온 일행들을 위해 고궁박물원에 가기 위해서다. 시먼딩역에서 전철을 타고 스린역에서 내려 다시 고궁박물원으로 가는 버스를 탔다.

박물관으로 가는 시내버스는 이미 여러 대가 정차했었다. 마음이 급하면 아무거나 탈 수도 있겠지만 꼭 R30번 버스를 타야 한다. 왜냐하면 이 버스만 박물관 안에서 내려주기 때문이다. 다른 버스는 박물관 근처에 내려주므로 한참을 걸어가야 한다.

나는 지난번 대만 여행 때 이미 박물관에 왔었으므로 관광객이 주로 관심을 가질 만한 유물에 대해 대략적인 설명을 해주었다. 그런데 전에 있던 유명한 유물을 찾을 수 없었다. 관리인에게 물어보니 매번 같은 유물을 전시하지는 않는다고 했다. 실컷 신기한 전시물이 있다고 설명했는데 보여줄 수 없으니 완전 스타일 구겼다.

박물관 관람을 마쳤으니 이제 타이베이의 상징인 101빌딩을 가기로 했다. 하지만 날이 흐려 빌딩 전망대에 가봐야 아무 소용이 없을 것 같다. 왜냐하면 자욱한 안개만 보고 내려올 것이 뻔한 상황이었기 때문이다. 그래서 생각해 낸 것이 샹산에 올라가서 101빌딩의 야경을 보는 것이었다.

다시 버스를 타고 스린역에서 도시철도(MRT)로 샹산까지 가기로 했다. 모두 레드라인 노선이기 때문에 환승 없이 갈 수 있었다. 샹산에서 2번 출구로 나와 미리 알아본 대로 샹산공원 탐방로를 따라 걸었다.

공원 내부에는 위치를 특정할 만한 건물이 없으므로 내비게이션으로 길을 찾아가기가 매우 힘들었다. 다행히 산책하는 주민들이 간간이 있어 물어보기로 했다. 그런데 지도에 나와있는 샹산전망대를 다들 모른다고 했다. 할 수 없이 내비게이션을 보여주며 현재의 위치와 목적지를 설명하니 대략 알아듣고 직진으로 가라고 알려주었다.

물어물어 겨우 공원의 끝 부분까지 갔다. 이번에는 산길이 아니라 건물 밀집지역이 나왔다. 아파트도 있고 호텔도 있고 단독주택도 있는 그런 지역이었다. 이 길이 아닌 것 같지만 모두 그리로 가라니 가지 않을 수는 없었다.

주민들이 알려준 대로 건물 사잇길을 따라 오르막길을 걸어갔다. 그리고 길모퉁이를 돌자 우리 쪽으로 삼삼오오 걸어오는 사람들이 보였다. 그들이 우리를 지나칠 때를 기다려 샹산전망대를 물으니 주저없이 방향을 가리켰다. 그곳에서 오는 사람들이 분명했다.

드디어 본격적인 등산로가 나왔다. 돌이켜 생각해 보니 공원을 가로질러 끝까지 간 다음, 만나는 도로에서 좌회전하여 경사진 인도를 따라 쭉 올라가면 어렵지 않게 등산로를 찾을 수 있는 것 같았다.

등산로에는 오고 가는 등산객이 많았다. 그렇게 험하지는 않았으나 그래도 등산은 등산이다. 이마에 땀이 흐른다. 때로는 숨이 차서 쉬어가야 한다. 그렇게 쉬엄쉬엄 20분 정도 올라가니 과연 전망대가 있고 먼저 도착한 사람들이 사진을 찍느라 정신이 없었다.

우리도 이곳에서 사진을 찍었으나 앞쪽에 작은 건물이 카메라 화면 아래쪽을 가린다. 조금 실망스럽다는 생각이 들 때쯤 사람들이 다시 위로 올라가는 모습이 보였다. 위쪽에 전망대가 또 있다는 것이다. 몇몇 일행들은 힘들다고 이것으로 만족하겠다고 했다. 그래도 아쉬움을 남기지 않겠다고 다시 등산을 시작하는 일행이 있어서 나도 힘이 들지만 뒤늦게 따라나섰다.

땅거미가 내리고 있는 산길을 따라 한발 한발 힘겨운 발걸음을 옮기고 있는데 어느덧 전망대가 보였다. 이곳은 높이가 좀 있어서인지 카메라 렌즈 앞에 별다른 장애물이 없다. 다만 구름이 오락가락한다. 구름이 걷히기를 기다렸지만, 완전히 걷히지는 않았다. 101빌딩이 높기는 높은가보다.

기다린 보람이 있어서 비록 선명하지는 않지만, 빌딩의 전경을 카메라에 담았다. 다른 사람들은 다시 정상을 향해 올라갔지만 우리는 밑에서 기다리는 일행을 생각해 이것으로 만족하고 내려가기로 했다.

▼　상산에서의 야경

힘들게 올라와서 겨우 사진 한 컷을 찍고 내려가지만 지난번 101 빌딩 전망대에서 타이베이 시내를 바라보았던 것과는 느낌이 달랐다. 101층이라고는 하지만 어둠에 반짝이는 야경을 보는 것일 뿐 정작 101빌딩은 없었다.

그 속에서도 사진을 찍었었다. 그러나 다른 사람이 내가 찍었던 사진을 보고 아무도 101빌딩이라고 하지는 않을 것 같다. 검은 어둠 속에 빛나는 불빛들…. 그것은 잡을 수 없는 하늘의 별과 같은 것이었다. 그런데 지금 힘겹게 상산에 걸어 올라와 101빌딩과 그 밖의 빌딩을 함께 바라보니 높든지 낮든지 서로 조화를 이루며 합창처럼 아름다운 풍경을 만들어 내고 있다. 제대로 세상을 보려면 멀리서 보아야 한다는 생각이 들었다.

대만 배낭여행

타이중과 타이난

산중호수 르웨탄(日月潭)

여행 5일째가 되었다. 101빌딩을 끝으로 타이베이 여행을 마치고 타이베이역에서 고속철도를 이용하여 타이중(台中)으로 향했다. 유명한 여행지 중 하나라고 알려진 르웨탄에 가기 위해서다.

르웨탄은 산으로 둘러싸인 대만 최대의 담수호라고 하며 해발 745m의 산악지대에 자리 잡고 있다. 원래는 옥산과 아리산이 끊어져 생긴 함몰분지에 물이 고여 형성된 두 개의 개별 호수였으나 댐 건설로 수위가 상승하여 두 호수가 하나로 연결되었다고 한다.

지난번과 마찬가지로 인터넷을 이용하여 외국인에게 주어지는 1+1 기차표를 구매했다. 결국 50% 할인 행사와 마찬가지이지만 혼자 온다면 이 혜택을 받을 수 없다. 타이베이 이남으로 많은 관광객을 유치하기 위해 대만 정부가 추진하는 시책이다.

타이중 간청역(干城站)과 고속철도역에서 르웨탄까지 버스를 이용하여 갈 수 있고 대만호행(台灣好行) 셔틀버스도 운행된다고 한다. 하지만 우리는 6명이라는 장점도 있고 빨리 돌아오면 고미습지에서 일몰을 볼 여유가 있을 것 같아 빠오처(包車, 전용차)를 이용하기로 하였다.

고속철도역에서 대기하고 있던 차를 타고 1시간가량 달려 르웨탄에 도착했다. 오면서 기사에게 케이블카를 타고 싶다고 하였다. 그랬더니 배를 탈 것인지 묻는다. 얼떨결에 그리하겠다고 했다. 생각해 보니 구불구불 이어진 둘레길을 버스로 이동한다는 것도 피곤하고 시간 낭비일 것 같았다.

르웨탄 선착장

배를 탈 예정이므로 선착장 옆 넓은 주차장에서 내릴 것으로 생각했다. 그런데 우리가 도착한 곳은 작은 마당과 같은 곳이었다. 어리둥절하면서 내리는데 호객꾼이 다가왔다.

기사가 그와 잘 아는 사이인 듯 몇 마디 말을 주고받더니 우리를 소개했다. 알고 보니 배 타는 손님을 모객하는 사람이었다. 르웨탄에는 유람선이 많이 있으므로 손님을 모집하려면 이런 사람도 필요하리라.

호객꾼에게 뱃삯을 건네자 곧 6장의 승선권을 가지고 와서 우리를 안내했다. 그를 따라 좁게 나 있는 길로 몇 계단 내려가자 바로 밑에 선착장이 있었다. 지름길이었다. 덕분에 표를 사려고 줄 서지 않아도 되었다. 아마 이런 걸 두고 상부상조라 할 것이다. 다만, 현지 사정을 잘 모르는 사람은 공인된 매표소를 이용하는 것이 좋겠다는 생각이 들었다.

르웨탄에는 3개의 선착장이 있다. 유람선은 쉐이셔(水社) → 슈엔꽝쓰(玄光寺) → 이다사오(伊達邵) → 쉐이셔(水社) 선착장 순으로 운행되며, 승선권은 1일권으로 당일에는 제한 없이 탑승이 가능하다.

슈엔꽝스(현광사)

유람선은 그리 크지 않았다. 손님이 어느 정도 탑승하자 미끄러지듯 항해를 시작해 20여 분 만에 첫 번째 기항지인 슈엔꽝쓰에 도착했다. 이곳은 서유기에 나오는 삼장법사인 현장법사의 사리를 모시던 사찰이었다고 하며, 지금은 걸어서 25분 거리의 산 위쪽 슈엔장스(현장사, 玄奘寺)에 모셔져 있다.

법당 안에는 현장법사 상(像)이 있고 앞마당에는 '르웨탄'이라는 글자가 새겨진 비석이 서 있다. 관광객들은 바로 이 비석 옆에서 르웨단을 배경으로 인증사진을 찍느라 여념이 없었다. 역시 여행에서 남는 것은 사진뿐인가 보다.

우리도 차례를 기다려 사진을 찍고 다시 배를 타러 선착장으로 갔다. 다행히 우리가 탔던 배와 비슷한 유람선이 대기 중이었다. 승선권을 내미니 타라고 한다.

좌석이 거의 찰 때까지 기다렸다가 배가 움직이기 시작했다. 그리고 20여 분을 항해하여 '이다사오 선착장'에 도착했다. 이곳은 제법 규모가 커 보였다. 배에서 내려 건물이 있는 방향으로 가보니 상가가 밀집해 있는 매우 번화한 곳이었다.

이다사오 상가

마치 스린 야시장을 연상케 했다. 식당과 노점이 즐비하고 관광객들이 넘쳐나 어느 노점이건 몇 명이 줄을 서 있으면 사람들이 게임을 하듯 그 뒤로 따라붙었다. 나도 줄을 서 볼까 하다가 줄이 너무 길어 포기했다.

그런데 한 노점에서 샤오족(邵族)이 가장 좋아하는 음식이라며 '두라 바이만쿤(杜啦白鰻棍)'이라는 이름의 간식을 팔고 있었다. 푸른 대나무에 흰색의 장어(백장어)를 칭칭 감은 듯한 음식이었는데, 얼마나 먹음직스러운지 줄이 제일 길었다.

백장어 꼬치

나도 이것만은 꼭 먹어봐야겠다고 줄을 섰다. 일행들도 다들 먹고 싶은 표정이다. 누가 끼어들지 않도록 조그만 틈도 주지 않고 줄서기를 몇십 분, 드디어 내 차례가 되었다. 나는 미리 돈을 꺼내 들고 '6개'라고 소리쳤다.

그리고 음식을 건네받자마자 일행들에게 하나씩 나누어 주고 나도 입에 넣었다. 그런데 이게 웬일? 입에 들어간 것은 아무 간도 배지 않은 맹탕 같은 맛의 '찹쌀떡 구이'였다. 비록 겉에 꿀을 발랐으나 무미한 것은 숨겨지지 않았다. '보이는 것이 다가 아니다'라는 것이 맞다는 생각이 들었다.

　상가의 한 식당에서 간단하게 점심 식사를 하고 다음 행선지인 케이블카 탑승장으로 향했다. 그런데 이다사오 상가에는 골목이 꽤 많아 원주민들에게 몇 번이나 물어본 다음에야 겨우 방향을 잡을 수 있었다.

르웨탄 케이블카

　르웨탄 관광객들은 모두 이다사오 상가와 케이블카 탑승장에 모여 있는 듯했다. 한동안 줄을 선 후에 겨우 탑승하여 호수를 내려다볼 수 있었다. 그런데 산 정상이 종착지가 아니었다. 케이블카는 산 능선을 넘어 한참 아래쪽 '구족문화촌' 입구에 도착했다. 산 위에서 호수를 감상하려는 계획에 차질이 생겼다.

　탑승객의 대부분은 구족문화촌에 입장했다. 이곳은 입장료가 있는 곳이다. 아이들의 즐거운 비명이 들려왔다. 아마도 놀이공원과 민속촌이 함께 있는 테마공원인 듯했다. 이날 르웨탄 구경을 마치고 타이중으로 가서 고미습지 일몰을 관람할 계획이었으므로 시간상 그냥 되돌아가기로 했다.

　케이블카에서 내려 아무것도 안 하고 다시 탑승장으로 향하면서 뭔가 허전함을 느꼈다. 하지만 어쩔 수 없는 일이다. 케이블카가 산봉우리 능선을 넘어 하강하려는 짧은 시간 동안 눈을 부릅뜨고 다시 한번 르웨탄 전경을 내려다보았다.

르웨탄 전경

　사방이 산으로 둘러싸인 호수는 카메라 렌즈에 다 담을 수 없을 만큼 넓었다. 초록의 그릇에 담긴 하늘빛 물은 눈에만 담아야 할 듯하다. 빠른 속도로 하강하는 케이블카 속에서 서서히 사라져 가는 르웨탄의 전경을 아쉽게 바라볼 수밖에 없었지만, 잔상은 길게 남아 마음을 청아하게 해주었다.

　케이블카에서 내려 아래층으로 내려가 보니 이곳은 대형 패스트푸드점과 다를 바 없었다. 바글거리는 인파를 뚫고 가까스로 아이스크림을 사서 길증을 풀었다. 그리고 유람선을 타기 위해 선착장으로 향했다.

배는 처음 탔던 업체의 배인지 알 수 없어 망설이다가 혹시 몰라 검표원에게 승선권을 흔들어 보였다. 그랬더니 타라고 한다. 아마도 선사와 상관없이 다 태워주는 모양이다.

쉐이셔에 도착하여 기사에게 원우묘(文武廟)에 갈 시간이 된다면 가보자고 했다. 충분히 가능하단다. 알고 봤더니 차로 10분이 채 걸리지 않는 가까운 거리였다. 원우묘는 일종의 사당으로, 산비탈에 계단식으로 조성되어 있었다.

원우묘(文武廟)

당연히 위쪽에서 하차하여 아래쪽으로 내려가면서 관람하는 것이 편할 것 같았다. 기사가 이런 내 마음을 알았는지 요청하지도 않았는데 위쪽 도로에 내려주고 아래쪽 주차장에서 기다리겠다고 한다. 감사할 따름이다.

옥상에서는 르웨탄의 전경을 한눈에 볼 수 있었다. 일월담 원우묘에서는 공자, 관우, 신농대제, 문창제군, 삼관대제, 옥황대제 등 문무(文武)의 신을 모시고 있어 시험을 앞둔 사람들이 많이 찾는다고 한다.

타이중 가오메이습지(高美湿地)

르웨탄에서 차로 1시간 30분을 달려 가오메이습지에 도착했다. 이 곳은 타이중 중심부의 서북쪽에 있는 해변으로 넓은 갯벌이 형성되어 있다. 가오메이습지에 온 이유는 갯벌을 보려는 것이 아니라 낙조가 아름답기로 유명하여 찾은 것이다.

차는 방조제 아래 수평으로 나 있는 도로를 한동안 달리다가 유료 주차장으로 들어갔다. 기사가 우리에게 먼저 화장실을 다녀오라고 했다. 화장실도 유료인 것 같았는데 주차장 이용 손님은 무료 이용이 가능한지 돈을 받지는 않았다.

아직 해는 떨어질 기미기 보이지 않아 주자장 상점에서 꼬치와 캔 맥주를 하나씩 사서 파라솔에 자리를 잡고 앉았다. 르웨탄과 타이중을 바쁘게 오가느라 제대로 된 식사를 하지 못한 탓인지 제법 맛이 있었다.

역시 시간을 보내는 방법은 먹는 것이 최고인가? 어느덧 일몰 시각이 다가와 방조제에 올라서자 드넓은 바다가 펼쳐져 있다. 그리고 갯벌 위에 목재로 만든 탐방로가 바다를 향해 멀리까지 설치되어 있다. 끝없이 늘어선 사람의 행렬…. 더 늦으면 낙조를 제대로 못 볼 것 같은 착각에 들게 했다.

▼ 가오메이습지 탐방로

하늘은 맑았다. 타이베이에 도착하여 '여행 지원금' 추첨에서 고배를 마시고 첫날부터 비를 만나는 비운의 연속이었던 것을 이제서야 장엄한 일몰을 보는 것으로 보상받는 기분이었다.

들뜬 마음으로 인파를 헤치고 탐방로의 끝을 향해 조심조심 나아갔다. 해지는 방향에서 풍력발전기가 힘차게 돌아가고 탐방로가 멈춘 곳에서는 더 가지 못해 아쉬운 사람들이 신발을 벗어 놓고 맨발로 갯벌을 걷고 있었다.

그런데 우리의 행운은 여기까지였다. 어찌 된 일인지 수평선 위로 구름이 서서히 몰려오고 있었다. 하늘은 저리 맑은데 우리에게는 일몰의 순간을 보여주지 않았다. 아마도 다시 찾아올 이유 하나쯤은 남겨두고 가라는 뜻일 것이다.

구름이 밀려오는 수평선

하는 수 없이 발길을 돌렸다. 이제 정식으로 저녁 식사를 하기로 했다. 저녁 메뉴는 미리 결정했던 것으로 웡야오지(甕窯雞)라고 하는 항아리닭이다. 항아리를 이용하여 닭을 구워내는 요리라고 한다. '겉바

속촉'의 기대가 밀려왔다.

식당 안에는 사람으로 가득 차 빈자리가 거의 없었다. 일단은 안도가 되었다. 손님이 많다는 것은 그만큼 맛집이라는 증거일 것이다. 기사까지 포함하여 7명이 앉을 수 있는 하나 남은 원탁으로 안내되었다.

나는 항아리닭을 반드시 포함하여 적당하게 주문을 넣어달라고 기사에게 부탁했다. 그리고 잠시 후 음식이 조리되는 대로 하나씩 들어왔다. 먼저 들어온 접시는 시장기가 있으므로 금방 비워졌다. 다음에 들어온 접시도 역시 마찬가지였다. 그러다가 서서히 접시 위의 음식이 조금씩 남겨지더니 나중에는 맛만 보는 정도가 되었다.

웡야오지(항아리닭)

바로 그때였다. 고대하던 웡야오지가 들어왔다. 아마도 조리에 상당한 시간이 필요했을 것이다. 내 앞에 접시가 놓이자 잔뜩 기대하고 젓가락으로 하나를 집어 입에 넣었다. 그런데 이게 웬일인가? 배불러 더 이상 먹을 수가 없다.

먹고 싶었던 요리에 집중하지 않고 다른 음식에 한눈을 팔았던 죗값을 치르는 것일까? 섵바속족의 모양만 구경했지 정작 맛을 음미하는 미식가로서의 호사는 누리지 못했다. 삼진아웃을 당하더라도 좀

더 좋은 공을 기다려 배트를 휘두르는 타자처럼 세상사 참고 기다릴
줄도 알아야 할 것 같다.

펑지아 야시장

식사를 마치고 호텔로 이동한 다음 우선 기사를 보냈다. 그리고 체
크인하고 바로 나와 펑지아 야시장(逢甲夜市)으로 향했다. 이곳은 타
이중에서 제일 유명한 야시장이다. 비록 상당히 어두워졌지만 가로등
과 상가의 불빛만으로도 걸어 다니기에 충분했다.

펑지아 야시장

펑지아 야시장은 그야말로 젊은이들의 천국이었다. 거리의 음식을
파는 사장님들도 대부분 청년이었고 관광객도 청년들이었다. 스린 야
시장과는 또 다른 분위기였다.

평일인데도 사람들로 가득 차 있었다. 주말이 되면 간선도로까지
사람들로 넘쳐난다고 한다. 펑지아 야시장은 신기하고 혁신적인 스낵
으로 유명하며 여기서 개발된 허니레몬알로에, 크레페 등 신제품 스

넉들이 전국 각지로 전파될 정도로 야시장이 크게 활성화되어 있다.

만약 펑지아 야시장을 방문할 계획이라면 먼저 어떤 간식이 맛있을지 미리 알아보아야 할 것 같다. 그냥 무작정 방문했다면 무엇을 먹을지 망설이다가 하나도 못 먹는 일이 생길지도 모른다. 그만큼 먹거리 종류가 많다는 얘기다.

특히, 일본식 스낵인 '일선타코야키(日船章鱼小丸子)'는 이곳에서 처음 판매되기 시작하여 대만의 거의 모든 지역으로 퍼져나가는 등 큰 인기를 얻고 있다. 이처럼 펑지아 야시장이 유명한 것은 좋은 재료를 활용한 간식들을 저렴한 가격에 먹을 수 있다는 것도 하나의 이유가 될 것이다.

펑지아 야시장 노점

오페라하우스와 꽃시장

아침이 밝아왔다. 이날은 오전에 타이중의 명소를 둘러보고 오후에 타이난에 가서 대만 등불축제를 관람할 계획이었다. 교통편으로 어제 그 기사와 차량이 다시 올 것이다.

처음에는 타이중만 전용차량을 이용하고 고속철도를 이용하여 타이난에 가서 다시 전용차량을 이용하기로 했다. 그런데 비용이 너무 많이 들어서 생각해 낸 방법이 있었다. 타이중에서 타이난까지는 자동차로 약 2시간 거리이므로 아예 하나의 차량으로 두 개의 도시를 여행하는 것이었다. 전용차량 요금만 약간 더 내면 고속철도를 이용하지 않아도 되므로 비용상 매우 경제적이었다.

먼저, 오페라하우스에 가기로 했다. 이곳은 내부에 2,007석의 대형 극장, 800여 석의 중형 극장과 200석의 소형 극장으로 구성되어 있다. 그런데 오페라하우스가 유명해진 이유는 공연 내용이 아니라 독특한 건축물에 있다. 외형의 디자인이 아름다울 뿐 아니라 내부도 매우 혁신적이다. 자연과 현대적인 감각이 어우러져, 보는 이로 하여금 감탄을 자아내게 한다.

오페라하우스(国家歌剧院)

타이중 오페라하우스 앞에서 사진을 찍고 중사관광꽃시장(中社觀

光花市)에 갔다. 갈 곳이 마땅치 않아서 선택한 곳이었다. 처음 입장할 때는 시골의 허름한 농장 같은 느낌이었지만 내부에 들어가 본 화훼 농장의 규모는 정말 장난 아니었다.

꽃시장

입장하자마자 제일 먼저 형형색색의 튤립꽃이 우리를 맞이했다. 특수 냉장의 방법으로 개화 시기를 조절하여 해마다 1월부터 3월까지 꽃을 피운다고 한다. 한국은 아직 겨울철인데 이곳 대만에서 이렇게 많은 튤립꽃을 볼 수 있다는 것 자체가 행운이었다.

튤립의 나라 네덜란드에 왔다는 기분을 느끼게 해주려는 듯 풍차가 세워져 있었다. 백설공주 이야기에 나오는 난쟁이들과 꽃마차 등 다양한 조형물이 꽃들과 어우러져 마치 동화 속에 온 것 같은 느낌이 들었다.

튤립 꽃밭을 지나니 사루비아와 라벤더 꽃이 펼쳐져 있다. 붉은 꽃밭과 보라색 꽃밭에 하얀색 흔들 그네와 피아노가 놓여있는데 무슨 텔레비전 광고 촬영 세트 같았다. 누구라도 이곳에 오면 인생사진 한 장쯤 찍고 싶어질 것이다.

궁원안과 아이스크림

꽃향기에 취하고 인증사진을 찍느라 시간 가는 줄 모르다가 문득 정신을 차려보니 이동할 시간이 한참 지났다. 타이중에서 아직 가야 할 명소가 몇 개 더 남았으므로 서둘러야 했다. 우선 궁원안과(宮原眼科)에 가기로 했다. 물론, 눈이 아파서 가는 것은 아니다. 이름은 궁원안과이지만 사실은 디저트 가게다.

'궁원(宮原)'은 일본어로 '미야하라'로 발음되는데, 일본인 안과의사의 이름이다. 그가 일제강점기에 타이중에서 제일 큰 '미야하라 안과'를 개원하여 운영하다가 일본의 항복으로 귀국하게 되었다고 한다. 그리고 건물은 보건소로 활용되었으며 최종적으로는 한 업체가 인수하여 개보수하고 상호를 그대로 둔 채 디저트 음식을 판매해 왔다는 것이다.

궁원안과

건물 외관은 대부분 안과였을 때의 모습 그대로 유지하면서 내부는 비로그 양식으로 리모델링하였나. 복고풍의 노서관, 선물 상자, 과자 등의 다양한 내부 장식으로 인해 마치 동화의 나라에 온 것 같은 느낌이 들었다.

일단 건물 안으로 들어서면 이미 많은 관광객이 와있음을 볼 수 있었다. 그리고 곧 재빨리 그들 뒤에서 줄을 서야 한다는 깃을 깨닫게 되었다. 왜냐하면 관광객의 상당수는 이 가게에서 파는 아이스크림을 맛보려고 찾아왔으므로 줄이 점점 길어질 것이기 때문이다.

우리도 아이스크림을 먹어보기 위해 왔기 때문에 일단 줄을 서기로 했다. 그리고 한 발씩 전진하다 보니 어느새 우리 차례가 되었다. 그런데 이곳에서는 아이스크림의 종류만 얘기해서는 안 된다. 아이스크림과 함께 먹을 과자의 종류를 선택해 주어야 드디어 주문이 완성되는 것이다.

종업원이 과자의 종류를 설명해 주었지만 처음 들어보는 과자의 이름을 쉽게 알아차릴 수는 없었다. 중국어로 그리고 영어로 몇 차례 설명을 듣다가 내가 내린 대답은 "알아서 선택해 주세요"였다. 아무 과자나 맛이 있을 것이므로 현명한 선택이 아닐 수 없다.

복고풍의 도서관 장식

아이스크림

각자 아이스크림 하나씩을 들고 회랑의 난간에 기대어 서서 시식에 들어갔다. 틀림없는 아이스크림 맛이었다. 다만, 어렵게 찾아왔고 간신히 주문에 성공한 뒤에 먹는 아이스크림이라 그런지 좀 특별하다는 느낌을 받았다.

아이스크림을 먹는 시간 동안은 우리도, 한 공간에서 먹고 있는 다른 관광객들도 말이 없었다. 모두가 먹는 것에 집중하고 있는 것 같았다. 나도 그들도 혀끝으로 전해오는 동화 속의 신비한 맛 바로 그것을 느끼고 싶어 하는 것이리라.

궁원반과에서 아이스크림을 들고

할아버지가 만든 무지개 마을

아이스크림을 먹고 가까운 곳에 있는 무지개 마을로 갔다. 이곳은 원래 군인 가족 마을이었다. 국민당 정부군이 내전에서 패하여 대만에 들어온 이후, 군인들은 임시 주거지를 제공받았는데 이곳도 그중 하나였다. 당시 군인이었던 황영복(黃永福)이라는 사람도 이곳에 정착하게 되었고, 이후 마을은 1,200가구 규모로 크게 성장해 갔다.

그런데 시간이 흘러 건물이 필연적으로 노후화되어 갔다. 그때 한 개발업체가 재개발을 위해 토지를 사들이며 보상을 시작했고 주민들은 마을을 떠나게 되었다. 하지만 황영복 할아버지는 오랫동안 살아왔던 자기 집을 떠나고 싶지 않아 끝까지 남았다고 한다.

그는 마을에 홀로 남게 되자 외로울 수밖에 없는 상황에 놓이게 되었디. 그래시 무료힘을 달래려고 및 년에 걸쳐 자기 집에서부터 시자하여 마을 건물에 사람, 동물 등 다양한 그림을 그려나갔다. 그에게 예술적 재능이 있어서였는지, 구도가 잘 맞으면서도 내용이 재미있었고 생동감이 넘쳐났다.

무지개 마을(彩虹眷村) 길거리

그러던 어느 날, 우연한 기회에 그의 작품을 발견한 지역의 대학생들이 그림을 보고 감동하여 마을을 구하기 위한 캠페인을 벌이게 되었다. 그 결과 많은 사람이 호응하였고 급기야 정부에서 마을을 문화지역으로 지정하여 보전하기에 이르렀다. 현재는 매년 100만 명 이상이 방문하는 유명 관광지로 각광받고 있다.

무지개 마을이라고 해서 한적한 시골에 있는 마을일 것으로 생각했는데 실제는 아파트가 있는 도시지역이었다. 한 사람의 예술적 행동이 노후화된 마을을 국내외 관광객이 찾아오는 세계적 명소로 탈바꿈시킨 것이다. 예술의 힘은 참으로 위대한 것 같다.

무지개 마을(彩虹眷村)의 어느 건물

    황영복 할아버지의 노력으로 집을 철거하지 않아도 되었다. 그는 100세 이상 장수하였다고 한다. 그래서인지 관광객들이 이곳에서 소원을 적은 쪽지를 벽에 붙이고 있었다.

    친절하게도 마을 한쪽에 소원을 적을 수 있는 책상과 메모지, 볼펜이 마련되어 있었다. 여기까지 왔는데 나도 소원을 빌어보려고 차례를 기다리는 사람들 뒤에 줄을 섰다. 그러나 기다리는 동안 무슨 소원을 적을까 생각해 보니 아무런 생각이 나지 않는다.

    옆에 앉은 아이가 소원이 얼마나 많은지 빠른 손놀림으로 열심히 글을 쓰고 있었다. 나는 기다리는 사람들의 눈총이 따가워 더 이상 좋은 생각을 떠올릴 여유가 없었다. 할 수 없이 아무거나 적어 벽에 붙이고 돌아서는데 특별히 바랄 것 없는 삶을 산다는 것은 잘살고 있다는 증거라는 생각이 들었다.

무지개 마을에서 소원 빌기

타이중 춘수당(春水堂)

무지개 마을 관람을 마치고 점심을 먹기 위해 춘수당으로 향했다. 타이중은 춘수당 본점이 있는 지역으로 이곳 또한 명소로 알려져 있다. 그러나 아쉽게도 무지개 마을에서 본점까지는 꽤 거리가 있었다. 오후에 타이난의 명소와 대만 등불축제를 관람할 계획이므로 시간상 방문은 어렵게 되었다.

꿩 대신 닭이라고 했던가? 음식의 맛은 같다는 전제하에 본점 대신 가까운 지점을 택했다. 간단하게 식사할 수 있는 메뉴가 많고 입맛도 맞아 시간이 촉박한 우리에게 최고의 선택이었다. 더욱이 버블티라고 하는 진주우유차(珍珠奶茶)를 일행들에게 맛보여 줄 수 있다는 장점도 있었다.

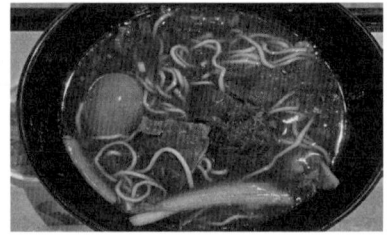

춘수당에서의 점심 식사

각자의 취향대로 메뉴를 선택했다. 우리는 진주우유차와 함께 우아하게 식사하든지, 아니면 국물이 있는 우육면으로 속을 푸는 두 가지 부류로 극명하게 갈렸다. 그러나 성향이 달라도 인정은 넘치는 법, 우아한 사람의 배려에 동글동글한 음식 한 점을 맛볼 수 있었다.

받는 것보다 주는 것이 더 행복하다고 했던가? 후루룩 짭짭하며 입을 가까이 대고 먹을 수밖에 없는 메뉴를 고른 탓에 먹던 음식을 답례로 줄 수가 없었다. 아무리 먹으라고 권해도 남의 몫에 대가 없이 손을 댄다는 것이 편치만은 않았다. 나도 웬만하면 주는 사람이 되어야겠다는 생각이 들었다.

점심을 간단히 먹고 차량을 이용하여 대략 2시간 거리에 있는 타이난으로 갔다. 처음에는 고속열차를 이용하려고 했지만 기차 시간을 기다리느라 시간을 허비해야 하고 비용도 많이 들어 전용차로 계속 이동하기로 한 것이다.

타이난에서는 일행들에게 안평수옥과 고보를 소개해 주고 야간을 이용하여 이번 여행의 최대 이벤트인 '대만 등불축제(台灣燈會)'를 관람할 계획이었다. 대만 등불축제는 매년 정월 대보름(음력 1월 15일)을 전후하여 열리며 해마다 도시를 바꾸어 개최한다. 이번에는 타이난 차례라고 한다.

대만 등불축제

유명한 문장우육탕으로 저녁 식사를 하고 나니 밖에 어둠이 내려앉아 있었다. 드디어 고대하던 대만 등불축제를 관람할 차례가 된 것이나. 2024년이 타이난의 역사가 시작된 지 400주년이 되는 뜻깊은 해이므로 이를 기념하기 위한 축제라 해서 계획된 일정이다. 물론 선사

시대부터 사람이 살아왔고 나름의 왕국도 있었지만, 타이난이 역사에 기록된 것은 이때부터였다고 한다.

무한원(無限圓)-유문부

해와 달(太陽和月亮)-스가노 마이코

오랜 역사(源遠流長)-살부·갈조

등불축제는 바다와 육지를 이어주는 관문인 안셩운하 연안과 고속 철도 구역에서 개최되고 있었다. 전시되고 있는 작품 대부분이 국내 외 저명한 작가들의 창작물이라고 하며, 실제 등불이 아니라 전기를 이용한 불빛이 활용되었다. 깜깜한 어둠 속에서 형형색색으로 빛을 발하는 조형물을 보고 있노라면 마치 신비한 동화 나라에 온 것 같은 느낌이 들었다.

직물과 기근의 표류(織與氣根的漂流)-안성혜

사실 대항해 시대(Age of Discovery)인 1590년, 포르투갈의 항해사들이 대만을 처음 발견하였다고 한다. 그런데 포르투갈은 대만을 식민지로 삼지는 않았다. 1624년에 이르러서야 네덜란드 동인도회사가 타이난을 점령하고 대만 남부를 통치하기 시작했다.

한편, 1626년에는 스페인이 네덜란드를 견제하고자 대만의 단수이와 지룽지역을 점령하여 북부지방을 식민지배하다가 1642년 네덜란드에 의해 쫓겨나게 되었다.

그 후 명청교체기에 청나라에 쫓긴 '정성공'이라는 명나라 장수가 2만 5천의 병력으로 1661년 대만에 상륙하여 네덜란드 사람들을 몰아내고 동녕국을 세웠다. 이 왕국은 1683년까지 3대에 걸쳐 존속하다가 청나라에 의하여 합병되었다. 그리고 본토에서 한족들이 본격적으로 이주하기 시작했다.

그런데 청나라가 청일전쟁에서 패하면서 1895년 시모노세키 조약이 체결되었다. 이때 대만은 일본의 영토로 할양됨으로써 일제의 식민지 지배가 시작되었으며, 1945년 일본의 항복으로 다시 중국의 영토가 되었다. 그리고 얼마 안 되어 국공내전에서 패한 국민당 정부가 대만으로 들어와 지금에 이르렀다는 것이다.

그런데 대만에는 선사시대부터 이미 사람들이 살아왔다. 16세기경에는 '다두왕국'이라는 부족동맹연합 왕국도 가지고 있었다. 그런 원주민의 입장에서는 네덜란드인을 비롯한 통치 세력들은 모두 외부에서 온 사람들이었다. 당연히 탄압과 착취도 있었을 것이고 저항과 갈등도 있었다.

그럼에도 필자가 느낀 바에 의하면 과거 청산에 대한 요구는 별로 없는 것 같았다. 400년 전에 시작된 대만의 다양하고 혼란스러운 역사일지라도, 지금의 대만을 있게 한, 떼어놓을 수 없는 역사로 인식하고 있는 듯했다. 그래서 이번 등불축제에는 원주민은 물론, 한족과 일본, 네덜란드, 대만 등 400년 역사와 관계된 민족의 저명한 예술가들을 초대하여 작품을 전시하고 특별한 공연을 하고 있다.

그렇게 축제의 밤은 깊어져만 가고, 우리는 내일을 위해 발길을 돌려야 했다. 사람들로 북적이는 천막 야시장 앞을 지나는데, 입안에 자꾸만 침이 고였다. 주어진 시간이 얼마 없어서 그냥 지나쳐야 한다는 것이 정말 아쉬웠다. 즐거울 때 떠나야 하는 것이 어쩌면 우리의 인생과 다름없다는 생각이 들었다.

예술이 있는 가오슝

가오슝(高雄)으로

다시 또 하루를 맞이했다. 이제 마지막 여행지 가오슝으로 가야 한다. 차량은 등불축제 관람을 마친 후 타이중으로 보냈다. 이제 전용차량 없이 대중교통으로 이동해야 한다.

호텔에서 체크아웃하고 택시 두 대를 불러달라고 했다. 우리가 6명이므로 한 대로는 이동할 수 없기 때문이다. 목적지는 타이난 고속철도역이므로 두 대의 택시 기사가 도착 장소를 혼동할 일은 없을 것이다.

타이난역

기차는 정시에 도착했다. 이곳에서 가오슝까지 38분 걸린다. 도착하면 레드선 지하철을 타고 메이리다오역(美麗島站)까지 가서 오렌지선으로 환승, 시즈완역(西子灣站)까지 갈 것이다. 그리고 바로 근처의 하마싱(哈瑪星) 노면전차역으로 걸어간 다음, 트램을 타고 보얼예술특구의 보얼따이(駁二大義)역에서 내리면 바로 앞에 호텔이 있다.

노면전차(트램)역

노면전차 철로 주변에 잔디가 입혀져 있다. 도시 미관을 고려한 결과이리라. 우선 승차권을 사야 하는데 매표소 대신 플랫폼 입구에 자동발매기가 있었다. 창구에서 말 한마디면 표를 줄 텐데 기계 작동법을 이해하는 데 한참 걸렸다.

승차권을 구입하고 수위 사람에게 어떻게 하는 거냐고 물으니 그냥 타면 된단다. 하긴 우리나라도 일단 타면 되니 그냥 타기로 했다. 그런데 이게 웬일인가? 트램에 올랐지만 승차권을 터치할 패드나 검표원이 보이지 않는다.

좀 꺼림칙한 느낌이 들었지만 어쩔 수 없는 일이다. 이곳에서는 그냥 양심에 맡기는 것 같다고 생각하고 있는데 어느새 목적지에 도착했다. 앞서가던 사람이 패스 같은 것을 플랫폼이 끝나는 지점에 서 있는 인식기에 찍고 가는 것이 보였다. 알고 보았더니 플랫폼에 입장할 때와 나갈 때 저렇게 찍고 가는 거였다.

연지담과 용호탑

우선 연지담에 가기로 했다. 오전에 용호탑을 관람하고 점심을 먹으면 시간상 경제적이라는 판단에서였다. 우선 호텔 앞에서 트램을 타고 가다 환승이 가능한 역에서 내려 지하철로 갈아타고 용호탑 인근에 있는 줘잉(左營)역까지 갔다.

하지만 막상 지하철에서 내려 밖으로 나오니 어느 방향으로 가야 할지 내비게이션만으로는 감이 안 잡혔다. 주변의 사람들에게 물어보았지만, 이 사람들도 관광객인지 명소라고 알려진 연지담이나 용호탑의 방향을 모른다고 했다.

할 수 없이 인근 버스승강장에 서 있는 노부부에게 혹시나 해서 말을 건네보니 일본인이었다. 그들이 스마트폰 검색 결과를 보여주며 여기서 버스를 타라고 하면서 자기들도 거기에 간다고 했다. 이제 그들만 따라가면 되니 안심이 되었다.

버스를 타고 시간이 좀 지났는데도 호수가 보이지 않는다. 그래서 옆에 서 있는 아줌마에게 물어보니 거의 다 왔다고 한다. 그렇게 목적지가 보이기를 기다리고 있는데 누군가 하차 버튼을 눌렀는지 버저 소리가 울렸다.

아까 그 아줌마가 나를 향해 소리치며 내리라고 한다. 다 왔다는 것이다. 우리는 '옳다구나'하고 따라 내렸다. 그런데 일본인 노부부는 내리지 않았다. 기대했던 호수도 보이지 않았다. 원망 어린 눈으로 아줌

마을 바라보니 방향을 가리키며 쭉 가라고 하고 정작 자신은 다른 방향으로 가버렸다.

황당했지만 어쩔 수 없다. 알려준 대로 가보기로 했다. 긴가민가하며 걸어가니 길이 건물에 막혀있고 대신에 모퉁이 오른쪽으로 길이 있다. 그리고 그 길 건너편에 호수가 보였다. 일단 호수가 있으니 용호탑을 찾아가는 것은 더 이상 문제가 되지 않았다. 호수 위의 모든 것들은 눈에 보이기 때문이다.

연지담과 현천(玄天)신상

이 호수는 가오슝에서 제일 넓다고 하며 그래서 그런지 주변에 사원이 많이 있다. 1686년에 공자를 모시는 사원(공묘)이 건립되었고, 이때 호수에 연(蓮)을 심었으므로 '연지담(連池潭)'이라는 이름이 붙여졌다고 한다.

산책로를 따라 용호탑 쪽으로 걸어가는데, 앞에 두 개의 누각과 동상이 있고 잔교로 연결되어 있다. 목적지인 용호탑도 좋지만 우선 눈앞에 있는 볼거리를 그냥 지나칠 수는 없었다. 가까이 가보니 동상의 규모가 어마어마했다. 높이가 72m, 손에 쥐고 있는 칠성검의 길이는

38.5m였다.

그리고 이 동상 아래쪽 문에는 '북극현천상제(北极玄天上帝)'라는 현판이 붙어있었다. 이 동상의 주인은 북극성을 신격화한 '현천상제'인 것이다. 현천상제는 북방의 신 현무라고도 하며 건물 내부는 바로 이 현천신의 신전이다.

현천상제(玄天上帝)

잠시 내부를 관람하고 다시 산책로를 따라가다 보니 또 다른 누각이 보인다. '춘추각'이라고 하며 입구 쪽에 거대한 용 조각상이 인상적이다. 용의 입을 통해 내부에 들어가면 108개의 계단이 있고 18개의 나한과 32개의 관음상이 부조되어 있다. 춘추각은 크기가 같은 두 개의 중국 궁궐식 누각으로 '춘추어각'이라 하며 관우를 기리기 위해 세운 것이다.

춘추각

앞쪽에는 기룡관음성상(騎龍觀音聖像)이 있다. 관음보살이 용을 타고 구름 위에 현신하여 신도들에게 춘각과 추각 사이에 자신의 모습을 만들라고 하여 현재의 성상을 세웠다고 알려져 있다.

춘추각에서 잠시 사진을 찍고 최종 목적지인 용호탑으로 갔다. 용호탑은 연지담 남쪽에 있는 두 개의 탑으로, 한쪽에는 커다란 용 조각이 있고, 다른 한쪽에는 호랑이 조각이 있다.

밖에서 보면 각각의 탑 같지만 내부의 공간은 서로 연결되어 있다. 탑 안으로 들어갈 때 용의 입으로 들어가 호랑이 입으로 나와야 흉사를 피하고 길한 일을 맞게 된다고 한다. 그런데 가던 날이 장날이라고 용호탑이 공사 중이었다. 그래도 갈 수 있는 곳까지 가보기로 했다. 일단 탑 가까이 가보니 용의 입은 들어갈 수 있도록 개방되어 있었다. 건물의 전체 모습은 볼 수 없지만 용의 입으로 들어갈 수 있으니 그나마 다행이었다.

용호탑

용탑 안에는 24명의 효자와 북송시대의 명의(名醫)로 알려진 오진인(吳眞人)에 관한 벽화가 있고, 호탑 안에는 공자의 제자와 옥황상제의 장군들에 관한 벽화가 있다. 도교의 신들이다. 어쨌거나 용의 입으로 들어가 호랑이의 입으로 나왔다. 밖에서 용호탑 전경을 배경으로 사진을 찍지는 못했지만 일단 나쁜 액운을 피하고 좋은 일만 생기게 되었으니 가오슝 연지담 여행은 이 정도로 만족해야 했다.

보얼예술특구(駁二藝術特區)

연지담 여행을 마치고 맛집으로 유명한 연담혼돈(蓮潭餛飩) 본점에서 점심을 먹기로 했다. 혼돈은 경단이란 뜻이며, 중국어로 '훈툰'이라고 발음되는데, 사전에는 '돼지고기, 새우살, 채소, 다진 파, 다진 생강 등의 소를 넣고 빚은 만두를 넣고 끓인 탕'이라고 정의되어 있다.

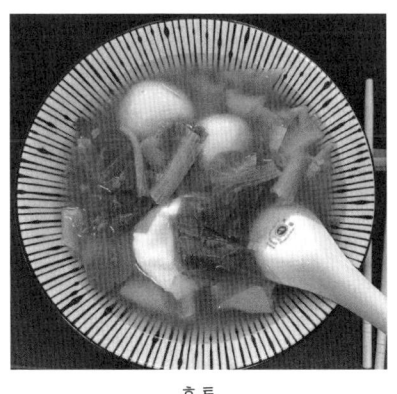
훈툰

대만 여행을 준비하면서 맛집을 미리 알아봤는데 상당수의 추천 음식이 그리 비싸지 않은 음식이었다. 누구나 쉽게 부담 없이 먹을 수 있는 만둣국 한 사발이 여행의 만족도를 한껏 끌어올려 주었다. 이 음식을 처음 만들어 팔기 시작한 본점은 하나의 관광명소로 자리 잡은 것 같다. 우리처럼 일부러 찾아와 맛을 보는 사람들이 있으니 밀이다.

훈툰을 먹고 다시 길을 나섰다. 왔던 대로 시내버스로 쥐잉역에 간다음, 지하철과 트램을 이용하여 보얼예술특구에 갈 계획이었다. 구글지도를 이용하여 버스승강장을 찾았으나 어느 방향으로 가야 할지 확신이 서지 않았다.

할 수 없이 행인들에게 물어보기로 했다. 하지만 모른다는 사람들이 많다. 그래도 만나는 사람마다 물어보니 그숭에서 스마트폰으로 검색하여 알려주는 사람이 있었다. 승강장에 도착하여 우리가 타야 할 버스 번호를 확인했다.

그리고 약간의 기다림 끝에 도착한 버스에 몸을 실었다. 버스에 올라 제일 먼저 한 일은 옆에 있는 사람에게 쥐잉역에 도착하면 알려달라고 부탁하는 것이었다. 그동안 만났던 사람들도 그랬지만 이번에도 매우 친절하게 그래 주겠다고 한다.

그가 내세 쥐잉역은 왜 가느냐고 묻는다. 내가 지하철과 트램을 타고 보얼예술특구에 가려고 한다는 대답을 하자, 이번 정류장에서 내리라고 한다. 이유는 목적지에 가기 위해 굳이 쥐잉역에 갈 필요가 없고 그냥 가까운 역에 가서 지하철을 타면 더 쉽다는 것이다.

과연 앞쪽에 지하철역 간판이 보였다. 지혜로운 대만 사람의 조언에 버스가 정차하자마자 내렸다. 정말 지하철은 어떤 특정 역에서 탑승할 필요가 없었다. 일단 역 구내에 들어가 노선도를 보면 어디에서 환승하고 어디에서 내릴지 한눈에 들어오기 때문이다.

인생길에서도 꼭 어디를 경유해야 한다는 것은 정답이 아닐 수도 있다는 생각이 들었다. 쥐잉역이 아니더라도 아무 지하철역에서나 목적지에 가는 것은 매한가지였듯이 인생길도 이와 같은 것이리라.

지하철역과 노면전차(트램)역은 지하에서 연결되어 있지 않다. 트램은 지상에서 운행되므로 우선 출구를 통해 밖으로 나와야 한다. 아오즈띠(凹子底) 지하철역에서 내려 아이허즈씬(愛河之心) 노면전차역에서 트램을 타고 보얼펑라이(駁二蓬萊)역에서 내렸다.

이곳에서 숙소가 있는 보얼따이(駁二大義)역까지 걷기로 했다. 이 구역이 예술특구의 상당 부분을 차지한다. 특구에는 창고를 활용한 실험적인 창작공간이 조성되어 있다. 원래 항구의 물류창고였는데, 수출산업이 쇠퇴하면서 방치되어 있었다고 한다.

▼ 보얼예술특구

그 후 2000년을 맞이하여 가오슝시 정부가 국경일 불꽃놀이 장소를 찾다가 우연히 이곳을 발견하였고, 공간 개량 사업을 추진하여 2002년 완공하였다. 그리고 예술가와 지역문화 종사자 등의 참여하에 실험적 창작 장소로 변모하게 되었다는 것이다.

어촌, 작업 현장과 노동자들의 모습, 철도 등 과거의 향수를 간직한 소재를 활용, 다양한 문화 창작 작품을 전시하는 공간으로도 활용되고 있다. 그리고 달빛극장을 조성하여 라이브 공연이 열리는 등 낭만의 장소가 되었다.

보통 예술가라고 하면, 나이 지긋하신 베레모를 쓴 원로들이 떠오른다. 그런데 이곳에서는 청년 예술가들의 실험적 창작 활동이 주를 이룬다. 그래서일까? 이곳을 찾는 사람들은 대부분 젊은 사람들이다. 예술 특구의 다양한 전시물과 상품, 공연이 그들의 취향에 부합하기 때문일 것이다.

어떤 곳은 가족 단위의 여행자를 위해 놀이공원처럼 조성되었고 또 어떤 곳은 친구들과 가볍게 맥주 한 잔 마시며 이야기를 나눌 수 있는 공간도 있다. 특히, 이곳 세2부두의 다양한 공간에서 디자인 페스티벌, 강철 조각 예술 축제, 컨테이너 예술 축제, 음악 콘서트 등이 주기적으로 개최되어 특구에 활력을 불어넣는다고 한다.

비록 걸었던 것은 보얼펑라이역에서 보얼따이역까지 한 구간이었지만, 창고를 활용한 다양한 예술작품과 시설을 관람하고 사진까지 찍으면서 오는 데는 적잖은 시간이 필요했다. 레일을 따라 지어진 창고와 부두의 풍경이 아런한 과거의 추억을 들추고 있었다.

힝구의 창고라는 과서 유산을 리모델링해 재탄생한 공간에서 젊은 예술가들이 실험적 창작 활동을 이어가고 있고, 흥미를 느낀 사람들이 과거의 향수를 공유하기 위해 끊임없이 찾아오는 이곳은 그야말로 생물처럼 살아 움직이는 가오슝의 주요 관광지로 부상하고 있었다.

보얼예술특구 창고

특구의 밤은 더욱 화려했다. 저녁을 먹기 위해 맛집을 검색해 보니 주변에 있는 '영심부도(永心浮島)'라는 식당이 추천되었다. 바다 쪽 접 안시설 위의 창고를 리모델링한 식당인데 다리로 연결되어 있다.

부두 연결 다리

일단 다리를 긴넜다. 식당에는 이니 많은 자리가 채워져 있었고 우리는 단 하나 남은 야외 식탁에 자리를 잡았다. 다른 테이블에서는 무엇을 먹고 있는지 둘러보려는데 종업원이 메뉴판을 디밀었다.

음식 이름만 보고는 무슨 음식인지 알 수가 없었다. 더욱이 가격이 일반적인 식당보다는 세기 때문에 시험 삼아 주문하기에는 좀 무리가 있었다. 그래서 음식 이름 속에 담겨있는 식재료를 보고 주문하기로 했다. '닭고기, 채소, 땅콩'과 같은 단어가 음식 이름에 포함되어 있기 때문이다.

사실, 주재료가 같으면 조리 방법에는 차이가 있지만 식재료가 가지고 있는 고유의 맛은 비슷하므로 음식에 대한 큰 거부감은 없었다. 주문한 음식이 나오자 술 한잔이 필요했다. 그래서 다시 시원한 대만 맥주를 주문했다.

가오슝 팝 뮤직센터

맥주잔을 들어 건배하자 기다렸다는 듯이 땅거미가 내려앉고 있다. 수로 건너편에 하나둘 조명이 켜지고 핑크빛 '가오슝 팝 뮤직센터'가 가깝게 다가온다. 12,000명을 수용할 수 있는 옥외 콘서트장과 3,500명을 수용할 수 있는 콘서트 홀, 박물관, 리허설 룸 등을 갖췄다고 한다.

시간도 없거니와 언어의 한계로 알아듣지 못할 것이므로 콘서트 관람은 생략하기로 했다. 그래도 이국의 한 식당에서 벗들과 함께 술 한잔 기울이며 예술작품 같은 외관을 감상할 수 있는 것도 행운이라는 생각이 들었다. 아마도 관광객 유치라는 건축가의 목표는 달성된 것이리라.

낭만의 치진섬

다음 날 아침 식사를 마치고 8시에 호텔을 나섰다. 치진섬에 가기 위해서다. 보얼따이(駁二大義)역에서 트램을 타고 하마싱(哈瑪星)역에서 내렸다. 여기에서 조금만 걸어가면 '구산페리 터미널(鼓山輪渡站)'이 있다. 이곳에서 자동발매기를 이용하여 승선권을 샀다.

구산페리 터미널

대합실에서 한참 기다리다가 시간이 되어 배를 타기 위해 선착장으로 나왔다. 그런데 터미널에 들어설 때는 '구산페리'라는 간판이 있었는데 안에서 보니 '하마싱'이라는 간판이 걸려있다. 약간 의아했지만 돌아와서 하마싱역으로 갈 때 헷갈리지는 않겠다는 생각이 들었다.

배가 출항하여 10여 분이 지났을까? '치진섬'에 도착했다. 막상 선착장에 내려 밖으로 나와보니 섬이라기보다는 육지에 도착했다는 느낌이 들었다. 어디로 가야 할지 몰라 교차로에서 가야 할 방향을 가늠해 보는데 일행이 나를 부른다. 선농자전거를 타고 다니자는 요청을 하려는 것이었다.

전동자전거를 빌려야겠다고 마음먹었었는데 일행들이 먼저 대여점 한 곳에 6인승 자전거가 있는 것을 보고 무슨 큰 발견을 한 것처럼 들떠있다. 적당한 대여점을 이렇게 쉽게 찾을 줄 누가 알았으랴? 일이 술술 풀리는 기분이 들었다.

치진섬에서의 전동자전거 여행

전동자전거는 두 명이 탈 수 있는 의자 세 개가 놓여있으며 운전 방법은 오토바이와 비슷했다. 두 시간 빌리기로 하고 비용을 냈다. 그리고 먼저 기념사진부터 찍고 옛 거리를 지나 해수욕장 방향으로 갔다. 처음에는 운전이 서툴러 최대한 저속으로 갔지만 시간이 지날수록 실력이 늘어 속도가 점점 빨라졌다.

이곳에도 맛집이라 소문난 가게가 있었지만, 섬을 한 바퀴 둘러본 뒤에 맛볼 수밖에 없었다. 이른 아침이라 상가는 아직 장사 준비가 되어 있지 않았던 것이다. 노점상들도 출근 전이다. 아쉬운 대로 해수욕장에 잠시 정차했다.

백사장과 출렁이는 바닷물이 보였다. 그리고 몇 명이 물속에 들어가 파도타기 준비를 하고 있다. 계절적으로 물놀이를 하기에는 날씨가 너무 쌀쌀해서 그런지 사람들은 많지 않았다. 다만, 야자수와 망망대해의 바다가 이곳이 이국이라는 사실을 일깨워 주었다.

우리는 다시 전동자전거에 올라탔다. 해변에는 자전거가 다닐 수 있는 전용도로가 마련되어 있고 속도도 빠르지 않아 교통사고의 위험은 별로 없었다. 그리고 3월은 관광 비수기인지 뒤따라오는 자전거도 없으므로 마음 내키는 대로 정차하고 경치를 구경해도 상관없었다.

치진해변

자동차가 보이지 않는 한적한 전용도로를 마음껏 달려보았다. 걸어서 왔다면 처음 도착한 백사장에서만 잠시 머물다 돌아갔겠지만, 이동수단이 있으므로 어디든 마음대로 갈 수 있었다. 굳이 지도를 펼쳐들고 어디를 가야 할지 고민하지 않아도 되었다. 길은 하나뿐이므로 달리다가 명소가 나타나면 구경하고 인증사진을 찍으면 되는 것이다.

배를 타고 치신섬 부두에서 내리면 자전거 대여점이 많이 있다. 1인용부터 여럿이 탈 수 있는 자전거도 있고 전동 겸용과 전동 전용 자전거도 있다. 가장 많은 사람이 탈 수 있는 것은 지금 우리가 타고 있는 6인승인데 몇 대 없다.

멀리 사람들이 울긋불긋 치장하고 백사장에 모여있다. 가까이 가보니 무슨 민속행사를 하려는 것 같았다. 작은 가마에 화려한 옷을 입힌 목각 인형을 앉히는 중이었다. 가마에는 '자미궁 관세음보살', '중단원사', '주수(主帥)' 등의 글씨가 쓰여있는데 도교의 신이다.

도교 행사

알고 보니 가오슝 치진섬에 있는 '자관보성궁(梓官輔聖宮)'이라는 도교 사원의 행사라고 한다. 가마에 신(神)을 모시고 퍼레이드를 하며 폭죽을 터뜨리는 등 우리나라 정월 대보름에 행하는 지신밟기와 비슷하다는 생각이 들었다. 가마에 매달린 리본에 평안(平安)이라는 글자가 쓰여있는 것으로 미루어 보아 무탈과 평화를 기원하는 연례행사로 보였다.

자전거길은 치진섬의 해안을 따라 조성되어 있는데. 대개는 비슷할 것 같은 해안의 풍경이 가끔 나타나는 인공 조형물로 인해 색다른 분

위기를 자아내고 있었다. 보기에 따라서는 별거 아닌 것이 될 수도 있지만 대부분 이곳에서 인생사진을 찍는다.

무지개 교회

진주조개

무지개색을 칠하여 세워둔 단순한 형태의 철제빔과 시멘트로 제작된 커다란 조개껍데기 형상의 조형물이지만 사진만 보고도 '치친섬'이라는 걸 단번에 알아보게 할 정도로 이곳의 상징물이 되었다. 그래서일까? 사진을 찍으려면 조금은 순서를 기다려야 한다.

술다리기 조형물

줄다리기하는 조각상을 지나치다가 이곳에서도 멋진 사진을 건질수 있겠다는 생각이 들었다. 마침 옆에 있던 여행자에게 사진을 찍어달라는 부탁을 하고 우리도 반대편에서 보이지 않는 줄을 힘껏 당기는 포즈를 취했다. 멋진 사진을 찍기 위해서는 이렇게 배경과 소통해야 하는 것일까? 잘 나온 사진 한 장이 여행의 기분을 한껏 끌어올리고 있다.

반환점을 돌아 부두로

어느덧 치진섬의 끝까지 오게 되었다. 우리에게 주어진 두 시간 중절반이 사라졌다. 자전거 반납 걱정을 해야 할 때가 된 것이다. 반환점을 돌아서 오던 길로 거슬러 가기로 했다.

되돌아가는 길은 올 때와 달리 눈에 익은 길이다. 전동자전거 운전기술도 최고조에 달했다. 스치는 바람을 온몸으로 느끼며 달려본다. 멀리서 아직 숙달되지 않은 운전 솜씨인 듯 자전거 두 대가 조심스럽게 다가오고 있다.

마주 오는 자전거

대만 배낭여행

베테랑 기사의 여유랄까? 잠시 길옆에 멈춰 서서 반갑게 손을 흔들어 주었다. 운전자는 잔뜩 긴장하고 지나지만 함께 탄 일행들이 대신 손을 흔들며 감사의 인사를 건넨다. 낯선 곳에서 만났지만 같은 여행자여서 그런지 전혀 낯설지 않다.

이제 여유가 생겨서 그런지 시야가 훨씬 넓어졌다. 갈 때는 보이지 않았던 경치가 눈에 들어왔다. 당연히 사진 찍는 횟수도 늘었다. 사람을 처음 만났을 때는 호구(戶口)조사만 했지만 두 번 세 번 만나며 그 사람의 내면을 알아가듯이 우리도 이제 치진섬을 알아가는 중일까?

이제 좀 익숙해졌다고 생각했는데 벌써 해수욕장 옆에 도착했다. 자전거 대여 시간이 임박하였으므로 우선 반납하기로 했다. 대여섬 주인은 우리가 안 올까 봐 조바심이 났던지 교차로까지 나와서 기다리고 있었다. 그리고 우리를 보자 안도의 한숨을 내쉰다. 대여의 보증 수단으로 호텔 열쇠를 담보로 받아두었지만 안심은 안 되었던 모양이다. 배터리가 소진되면 못 오기 때문이다.

이제 자유의 몸이 되었다. 점심을 먹을 겸 다시 '옛 거리(老街)'로 갔다. 알아본 바에 따르면 치진에서의 거리 음식 중 제일은 단연 '굴튀김'이었다. 우선 금방 튀겨낸 것을 하나씩 들고 먹었다. 하나 더 먹고 싶을 정도로 맛있다.

이것저것 거리 음식으로 배가 채워진다. 튀김과 어묵을 먹으니 채소 생각이 나서 토마토를 사 먹었다. 자주 먹던 토마토이지만 이국의 노점에서 느끼한 속을 달래려고 이쑤시개로 찍어 먹는 맛이 최고였다. 먹고 일어나 부두로 가는데 줄지 않은 지갑의 두께에 여행의 만족도가 배가되있다.

굴튀김

다카오 영국영사관

　여객선을 타고 다시 구산페리에 도착했다. 두 번째 방문지인 다카오 영국영사관은 샤오촨터우(哨船頭)공원에 있는 작은 산 정상에 있으므로 찾아가는 것은 어렵지 않다. 우선 배에서 내린 다음 눈앞에 보이는 다리를 건넜다.

부두 옆 다리를 건너와서

　만나는 사람에게 '링스　(영사관)'이라고 물으면 방향을 알려주는데 얼마 안 가 이정표가 보였다. 영국영사관은 가오슝에서 유명한 관광지 중 하나이고, 만나는 사람도 대부분 위치를 알고 있으므로 못 찾아갈 일은 거의 없다.

영국영사관 가는 길

디키오 영국영사관은 대만 가오슝 구산구에 1865년에 지어진 옛 영국영사관이다. 지도를 검색해 보면 샤오촨터우의 산 정상에 영사관이 있다. 이곳은 스즈완 해변과 가오슝 항구가 내려다보여 최고의 명소로 손꼽힌다.

이정표가 오르막길을 가리키고 있다. 정상을 향해 나아가고 있으므로 대부분 오르막길이다. 이것도 등산이라고 송골송골 땀이 돋는다. 힌 컷의 인증사진 찍기가 참 어렵나.

큰 도로를 지나 주택가 작은 골목길로 들어섰다. 유명한 관광지라는 말이 무색할 정도로 우리가 걷고 있는 길은 좁은 골목이다. 제대로 가고 있는 것인지 의심이 들 정도로 다니는 사람도 없다. 그래도 이정표의 화살표 방향으로 걷고 있는 것은 분명했다.

다행스럽게도 갈림길이 나올 때마다 이정표가 제대로 가고 있음을 증명해 주고 있었지만 우리를 앞서가거나 따라오는 사람은 아무도 없었다. 일러진 것과는 날리 멀섯 아닌 관광지인가? 처음 가는 길이라 일행들에게 고생한 만큼 멋진 풍경을 보게 해줄 수 있을지 걱정이 쌓

여만 갔다.

어디쯤 가고 있을까? 황당하게 시골스러운 풍경이 한동안 이어졌다. 어디로 가고 있는 것인지 믿음이 점점 약해지는 것 같다. 일행들의 표정도 그리 밝지는 않다. 좁은 길 끝에서조차 문화재 비슷한 건물은 보이지 않았다.

이쯤 되면 가던 길을 멈추고 다시 생각해 보아야 하지 않을까 하는 생각이 들었다. 하지만 이미 지나온 길도 만만치 않으므로 어쩔 수 없이 끝까지 가보기로 했다. 그렇게 마지막 계단을 올랐다.

그런데 도착한 곳은 예상했던 것과는 다르게 허름한 기와지붕 건물 뒷마당이었다. 길을 잘못 들었을지 모른다는 생각이 스쳤다. 당황하여 빠른 걸음으로 건물을 돌아가 보았다.

매표소 앞

갑자기 눈앞에 신세계가 펼쳐졌다. 행운은 늘 예상치 못한 곳에서 절망적일 때 갑자기 찾아오는 것일까? 건물을 반 바퀴 돌자마자 앞마당에 매표소가 보였다.

이곳은 영사관이지만 대만의 주요 사적이자 대표적인 명소였다. 내부에는 당시의 가구며 집기들이 전시되어 있고, 전망 좋은 방은 '로즈하우스'라는 카페로 운영되고 있었다. 그리고 초대된 손님들에게 제공되었을 법한 고급스러운 메뉴가 눈길을 끌었다. 특히 디저트 세트인 '에프터눈 티 세트'가 인기라고 했다.

영국영사관 관저

사실, 이곳은 영사관이 아니라 관저였다. 붉은 벽돌로 건축된 2층 건물로 되어 있는데 회랑에는 바다를 조망할 수 있는 아치형 창이 있고, 내부에는 침실과 응접실 등 나양한 용도의 방이 있다.

잠시 그 시대 영사의 생활상을 둘러보고 밖으로 나오면 '시즈완(西子灣)'과 '가오슝항'의 풍경이 시원하게 펼쳐져 있고 정원의 끝에 아래로 내려가는 계단이 놓여있다. 어느 정도 관저 안팎의 관람을 마치고 이 계단을 통해 아래로 내려가 보기로 했다.

내려갈 때는 올라올 때와는 상황이 달랐다. 목적지를 보면서 급경사 계단을 걸어 내려가서였는지는 몰라도 순식간에 아래쪽에 도착했다. 그리고 서기에 녕국영사관이 있다. 산 아래에 있다고 하여 산하사무소(山下辦公室)라고 한다.

바로 이 길을 통해서 올라왔더라면 훨씬 짧은 시간에 영사관 관저까지 올라왔을 것이다. 아니 택시를 탔더라면 더 빠르고 편안하게 목적지에 도착했을 것이고 시간도 많이 절약되었을 것이라는 생각이 들었다. 더군다나 관저 매표소 아래쪽으로 넓은 주차장이 보였었다. 아마도 그쪽으로는 시내버스가 정차했을 것이다.

하지만 세상사라는 것이 어찌 지나간 뒤에 가정법을 써서 과거의 일에 대한 미래를 예측할 수 있으랴? 나는 애당초 관저를 영사관으로 잘못 알고 있었다. 만약 버스로 왔다면 다시 버스를 타려고 왔던 길로 내려갔을 것이다. 그랬더라면 이곳 산 아래 영사관의 존재는 몰랐을지도 모른다. 또한 '산하사무소'로 왔다면 산 위 관저까지는 가지 않았을 수도 있다. 관저의 존재를 몰랐거나 아니면 계단 오르기가 힘들어서 포기했을 것 같다.

영국영사관(산하사무소) 후정과 정문

산 아래에 도착하여 영국식 정원과 후정을 통과하여 앞쪽으로 돌아오니 앞마당에 당시의 풍경이 인형으로 재현되어 있었다. 내부 또한 당시 상황을 알 수 있는 집기들이 전시되어 있으며 협상 중인 밀랍 인형의 모습이 매우 사실적이었다.

서점카페123정

영국영사관 관저와 사무소 관람을 마치고 왔던 길을 거슬러 구산페리로 왔다. 서점카페123정(書店喫茶一二三亭)에 가기 위해서다. 이곳은 가오슝에 가면 꼭 들러야 할 명소로 알려져 있다. 1920년대 일식요정(日式料亭)으로 사용되다가 방치된 것을 지금의 사장이 인수하여 카페를 열었는데 상호는 옛 이름 그대로 '一二三亭'이라 하였다.

가오슝에 왔으니까 명소를 찾아 우아하게 차 한잔 마시는 것도 매우 낭만적인 일일 것이다. 우선 스마트폰 지도 앱을 작동시켜 찾아갔다. 그런데 가까이 가서는 카페가 어디에 있는지 찾을 수 없었다.

행인들에게 물어봐노 아는 사람이 없었다. 수변의 상점 주인에게 물어봐도 역시나 모른단다. 계속해서 주변을 돌고 돌았으나 또다시 원점이었다. 여기까지 와서 포기할 수도 없는 노릇이라 용기를 내어 좀 더 젊은 사람에게 물어보았다.

▼　서점카페123정

신통치 않은 대답을 듣고 다시 옆 모퉁이를 돌아가는데 우연히 빛 바랜 건물에 작은 간판이 눈에 들어왔다. '서점카페123정'이었다. 전혀 카페 같지 않은 오래된 2층 건물로 폐가처럼 허름했다. 더구나 입구가 보이지 않았다. 혹시 손님이 없어 폐점된 것이 아닌가 의아했다.

좀 아쉬운 감이 있어 안쪽을 기웃거려 보았다. 오래된 빈집처럼 벽에 덕지덕지 세월의 때가 많이 끼어있었다. 출입구는 문짝이 떨어져 간데없었다. 대신 하얀 천으로 만든 발이 바람에 펄럭이는데 자세히 보니 '一二三'이라는 글씨가 선명했다.

서점카페123정 입구

반가워 발을 헤치고 안으로 들어가니 2층으로 계단이 나왔다. 급하게 올라갔다. 물건이 어지럽게 쌓여있는 방이 보였다. 실망하였지만 계속 복도를 따라 들어가 보기로 했다. 그런데 이게 웬일? 코너쯤에 비교적 깔끔한 출입문이 있지 않은가?

여기는 완전 별천지였다. 오래된 목재가 천장을 떠받치고 있는 고풍스런 카페의 풍경이 눈앞에 펼쳐졌다. 그리고 어떻게 찾아왔는지 손님들이 여기저기 탁자를 차지하고 앉아있었다.

화려하지도 않고 특별한 장식도 없었다. 여기에서 무슨 의미를 부여할 만한 그림이나 이 집만의 전통 음식도 없었다. 그럼에도 손님이 많다는 것이 놀랍기만 했다. 이들도 우리처럼 어렵게 찾아온 손님들이리라.

서점카페123정의 내부

새로운 것보다 전혀 가식이 없는 옛것 그대로를 지키는 것도 큰 경쟁력이라는 생각이 들었다. 멋진 배경으로 인생사진을 찍으러 왔던 마음을 바꿔 우리도 아무것도 꾸미지 않아 지극히 평범한 곳에서 차한잔 마시기로 했다.

서점카페123정 커피

달콤한 케이크와 쌉쌀한 커피 맛은 어디서나 맛볼 수 있고 우리가 알고 있는 그 맛이었다. 그럼에도 화려한 다구(茶具)가 아닌 빛바래고 세월의 흔적이 남아있는 사각의 나무 쟁반 위에 올려진 커피와 케이크가 오히려 낭만을 더했다.

사진을 찍었다. 그 집 사장은 카페를 문학적이거나 창의적인 공간으로 꾸미는 것을 원하지 않는단다. 다만 옛날 그대로의 모습으로 복원되기를 바란다는 것이다. 정말 그의 말처럼 멋지게 꾸며놓은 카페는 많이 있지만 옛것 그대로 보존된 곳은 많지 않을 것이다. 우리가 이곳에서 차를 마시러 온 것도 옛날 그대로의 분위기를 느끼고자 함일 것이다.

가오슝의 마지막 밤

카페에서 차를 마시고 밖으로 나왔는데 시간이 많이 남았다. 내일 대마옥 떠나야 하므로 대형마트에 가서 귀국선물을 사고 저녁 식사도 하기로 했다.

대만에 와서 안 일이지만 이곳의 대형마트는 까르푸(家樂福)가 주

대만 배낭여행

종을 이룬다. 왔던 대로 하마싱역에서 트램을 타고 스마트폰 앱이 안
내하는 역에서 내렸다. 그리고 먼저 식당가를 찾아 세트 요리를 주문
하여 저녁 식사를 했다.

하루 종일 돌아다녀서인지 허기가 밀려왔다. 요리사들이 즉석에서
요리하여 탁자에 하나씩 올려놓았는데 젓가락이 몰리면서 순식간에
음식이 사라져 갔다. 그렇게 요즘 유행어처럼 음식을 '순삭(순간삭제)'
하고 본격적인 쇼핑에 나섰다.

귀국 선물을 사고

넓은 매장이지만 대부분 한국에서의 상품과 비슷했다. 귀국 선물이
이래서는 안 된다. 한국에 없는 물건을 사야 했다. 그래서 알아본 결과
한국인이 가장 많이 산다는 대만 기념품은 파인애플 과자 '펑리수(鳳
梨酥)'였다. 가격이 저렴하여 사돈에 팔촌 몫까지 샀다.

이제 배도 든든하고 마음도 든든해졌다. 양손에 묵직한 비닐봉지를
들고 트램을 탔다. 트램의 노선은 간단했다. 오른쪽으로 가거나 왼쪽
으로 가는 순환노선이나. 그서 왔던 방향을 서슬러 가면 되는 것이다.

그런데 호텔이 있는 보얼따이(駁二大義)역에 내려보니 예술특구가

야시장으로 변해있었다. 사람들로 북적이고 젊음이 넘쳐나고 있었다. 노점을 하는 사람들은 대부분 청년이었고 팔고 있는 물건이나 먹거리는 지역의 이름에 걸맞게 창의적이었다.

우선 들고 있는 물건들을 숙소에 놓고 와야 했다. 그냥 스쳐 가기보다는 거리의 음식을 입에 물고 다니며 야시장을 즐겨보기로 했다. 숙소와는 50m 정도로 가까웠으므로 막차 시간을 걱정하지 않아도 되는 그야말로 앞마당에서 펼쳐진 잔치와 같았다.

보얼예술특구 야시장

이곳 야시장이 매일 열리지는 않는다고 한다. 그래서 전날 밤 우리가 알아채지 못했을 것이다. 알아보니 토요일마다 열리는 야시장이었다. 우리의 일정에 토요일이 없었거나 다른 지역에 있는 호텔을 이용했었더라면 이 야시장의 존재조차 몰랐으리라.

여행하면서 느끼는 것이지만 일정에 없던 풍경이 '짠!'하고 눈앞에 펼쳐질 때면 정말 재수가 좋거나 내가 선택받은 사람인 것 같다는 생각이 든다. 세상에서 제일 맛있는 것이 공짜 음식이듯이 갑자기 나타난 풍경도 공짜 같아서 좋다.

가오슝 시립미술관

여행 9일째가 되었다. 집에 갈 시간이 온 것이다. 처음 왔을 때는 여행이 너무 긴 것 아닌가 싶었는데 막상 마지막 날이 되니까 아쉽기가 그지없다.

그래도 오후 3시 45분 비행기라 오전이라는 여유 시간이 남아있다. 6명이라 택시를 탈 수도 없고 전용차를 대절하기에는 경비가 많이 들어 대중교통을 이용해야 했다. 그러나 다시 호텔로 와서 짐을 찾아야 하므로 노선이 복잡하거나 배차 간격이 크면 이용하기 어렵다.

다행히 우리가 묵었던 호텔이 부얼따이(駁⼆⼤義) 트램역 바로 옆이므로 트램을 이용하면 시간을 크게 절약할 수 있나는 생각이 들었다. 그래서 노선을 살펴보니 '미술관역'이 있다. 바로 가오슝시립미술관이었다.

가오슝의 여러 명소처럼 이곳 또한 버려진 습지였지만 1994년 미술관으로 변신하였고 주변에 인공호수, 조각공원, 생태공원 등을 조성하여 시민들을 위한 명소로 탈바꿈되었다고 한다.

미술관역

트램에서 내려 미술관으로 걸어가면서 바라보니 커다란 공원 안에

미술관 건물이 있었다. 많은 사람이 산책코스로 이용하고 있고 건물 한쪽에선 동호회원들이 모여 파룬궁을 전수하는 등 활기가 넘쳐났다.

또한, 지하 2층, 지상 4층 규모의 미술관은 전시 공간 외에도 강의실, 도서실, 다목적실, 레스토랑 등 다양하게 구성되어 있으며, 실험적인 현대 미술작품 전시 공간이 전면에 배치되어 있었다. 특히, VR과 AR 그리고 로봇을 활용한 다양한 작품은 다분히 실험적이고 창의적인 느낌을 주었다.

작가의 개성에 따라 풍경을 사실적으로 표현한 작품이 있는가 하면 인간의 내면이나 사회 문제를 강렬한 표현으로 다룬 회화작품과 조각, 설치미술, 개념미술, 비디오아트와 같은 다양한 장르의 작품들이 관람객을 기다리고 있었다.

미술관역

특히, 유명 작가의 개인전은 많은 관람객의 주목을 받고 있었다. 그동안 그려놓았던 것들을 백화점식으로 전시해 놓은 것이 아니라, 하나의 주제를 바탕으로 창작한 작품들이다. 그런데 사실적인 묘사가 아닌 추상적인 그림이 많아 이해하기 쉽지 않았다.

그래서일까? 이곳이 다른 전시실보다 관람객으로 더 붐비는 것 같다. 아마도 이들은 작가가 던지고 있는 화두를 통해 깨달음을 얻으려는 참다운 미술 애호가들일 것이다.

하지만 아무리 그림을 보면서 진리를 찾기 위해 노력하여도 보이지 않을 때가 많다. 마치 그런 사람들을 위한 것인지 전시실 한쪽 공간에서 작가의 작품세계에 대한 강연이 진행되고 있었다.

강사도 수강자들도 모두 심각한 표정이다. 아마도 그들 모두 미로에 갇혀있거나 해결의 실마리를 어렴풋이 잡은 것인지도 모른다. 그래도 한가지 희망적인 것은 더 나은 세상을 위한 작가의 외침을 이해하려고 노력하는 사람들이 있다는 점이다.

미술관 앞 철로

알 듯 모를 듯한 심오한 미술 세계에 빠져있다가 미술관역으로 나오니 철로가 나무 터널 속으로 길게 뻗어있다. 이제 집으로 돌아갈 시간, 이제나저제나 트램이 오기를 기다리며 터널 속을 주시하는데 이곳의 철로는 도시의 삭막함이 지워진 하나의 미술작품이라는 생각이 들었다.

미려도역 빛의 돔

미끄러지듯 질주하는 트램 안에서 아무 말 없이 차창을 바라보았다. 언제 또다시 와서 볼 수 있을지 모르는 대만의 풍경이 아쉬운 듯 다가왔다 사라져 갔다. 더 무거워진 짐 속에는 누군가에게 전해줄 선물이 있어 마음이 든든했다.

하마싱역(哈瑪星站)에 내려 오렌지라인 지하철로 바꿔 탔다. 지하철역은 스즈완역(西子灣站)으로 표시돼 있고 에스컬레이터를 타고 지하로 내려가야 했다. 그리고 공항으로 가는 길에 잠시 미려도역(美麗島站)에서 내렸다. 가오슝의 필수 관광지 '빛의 돔'을 보기 위해서다.

가오슝 빛의 돔

빛의 돔은 '레드라인과 오렌지 라인의 환승을 위한 보행 교차로에 설치되어 있다. 직경 30m의 공간에 4,500개의 유리조각을 부착하여 만들어진 세계에서 가장 큰 유리 모자이크라고 하며 저명한 이탈리아

예술가 '나르치수스 콰글리아타(Narcissus Quagliata)'가 4년이 넘는 기간 동안 제작한 대작이다.

관광객이 많이 모여서인지 주변에 커다란 시장이 형성되어 있었다. 의류, 잡화 등 다양한 상품이 진열되어 있고 매대마다 사람들로 붐볐다. 대중매체를 통해 광고하는 것도 아닐 텐데 어떻게 이처럼 많은 사람이 찾아오는지 궁금했다. 아마도 한 번 와봤던 사람들에 의해 입에서 입으로 전해진 결과일 것이다.

골목의 한 모퉁이에 전을 편 노점상이 맛있게 구워낸 소시지나 굴튀김으로 유명해진 곳도 있었고, 땅콩엿을 대패로 밀어 아이스크림과 함께 전병에 상추처럼 싸서 먹는 땅콩 아이스크림 등 기발한 소재를 활용한 간식으로 유명해진 거리도 있었다.

경이로운 풍경이나 역사 유적이 많지 않아도 대만은 항상 사람들로 붐빈다. 평범한 골목이었지만 이야기를 만들었고, 어묵처럼 특별하지도 않은 재료를 가지고도 새로운 맛을 만들었다. 어느 거리에 가면 무엇을 먹어야 하고 또 무엇을 봐야 한다는 식의 이야기가 사람들을 이끌고 있다.

두 차례에 걸쳐 대만을 여행하고도 또다시 대만에 올 이유는 충분했다. 비록 작은 면적이지만 보름 동안 다 둘러볼 수도, 맛볼 수도 없을 정도로 이야기가 많기 때문이다. 비행기 좌석에 앉아 창을 바라보니 대만이 나에게 다시 오리 손짓하고 있다.

이야기속으로
대만
배낭
여행

초판 1쇄 발행 2025년 07월 17일

지은이 조종수
펴낸이 류태연

펴낸곳 렛츠북
주소 서울시 영등포구 문래북로 116, 트리플렉스 1005호
등록 2015년 05월 15일 제2018-000065호
전화 070-4786-4823 | **팩스** 070-7610-2823
이메일 letsbook2@naver.com | **홈페이지** http://www.letsbook21.co.kr
블로그 https://blog.naver.com/letsbook2 | **인스타그램** @letsbook2

ISBN 979-11-6054-768-9 03810